W0333342

Collection dirigée par Glenn Tavennec

L'AUTEUR

Né en 1973, Arnaud Cathrine commence à écrire à l'âge de quinze ans et publie en 1998 son premier roman, *Les Yeux secs*. Depuis, il a fait paraître plus de vingt livres dont *Pas exactement l'amour* (Verticales, 2015, prix de la nouvelle de l'Académie française).

Conseiller littéraire pour Les Correspondances de Manosque ainsi que pour la Maison de la Poésie, il aime la scène et, notamment, les lectures musicales. En 2008, *Frère animal* fut un livre-album écrit à quatre mains et chanté avec Florent Marchet. Le spectacle s'est produit dans toute la France, trois années entières, suivi d'un second volet, *Frère animal – Second Tour* (PIAS Le Label).

Arnaud Cathrine a publié dans la collection R la trilogie *À la place du cœur* et *Romance*.

Arnaud Cathrine

Les Nouvelles Vagues

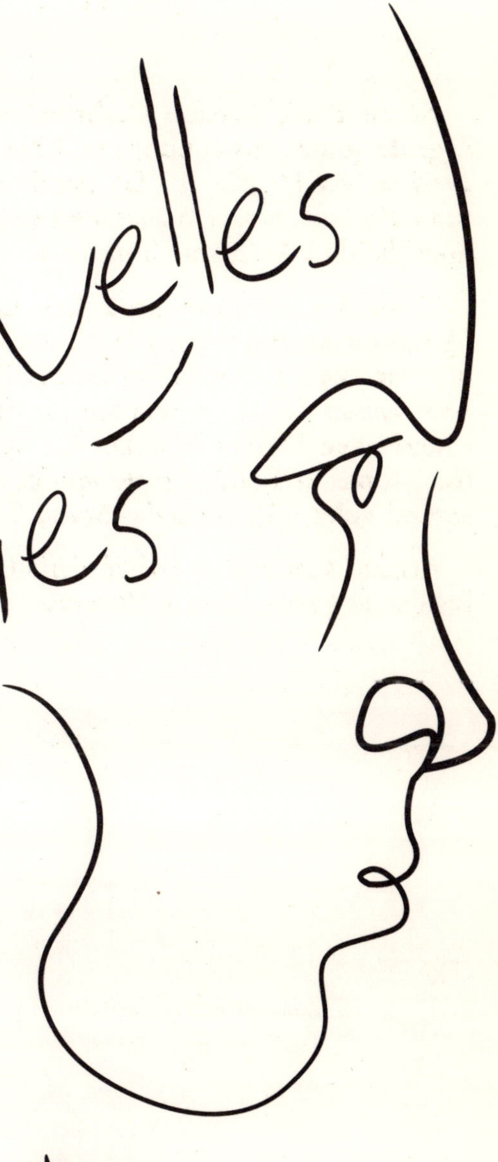

roman

« Enlève-toi tu ne peux pas rester longtemps,
tu t'enfonces dans mon cœur. »
Hervé Guibert à Philippe Mezescaze

Loi n° 49-956 du 16 juillet 1949
sur les publications destinées
à la jeunesse et aux jeunes adultes.

© Éditions Robert Laffont, S.A.S., Paris, 2021
92, avenue de France 75013 Paris
ISBN : 978-2-221-25018-1
ISSN : 2258-2932
Dépôt légal : avril 2021

Octave,

Ceci est la dernière lettre que je t'écris.

Et la dernière que je ne t'enverrai pas.

Pendant des mois, je n'ai pas arrêté de t'écrire sur des feuilles volantes. Besoin de me laisser croire qu'elles termineraient pliées dans une enveloppe et que j'aurais le courage de te les envoyer.

Je n'en ai posté aucune.

Je t'imaginais enterrant mes pauvres délires dans un tiroir sans même les avoir lus. Ça me broyait le cœur, ça m'humiliait. Alors j'accumulais ces lettres mortes dans une chemise cartonnée jaune à ton prénom.

Mais aujourd'hui, c'est la dernière.

Une chose m'a totalement fait flipper, c'était il n'y a pas si longtemps : je me suis aperçu que je tenais à ma douleur. Avant ça, je pensais que je tenais à toi. La réalité est beaucoup plus cheloue : en ton absence, il ne m'est resté que mon chagrin et je m'y suis attaché.

J'ai vraiment aimé t'aimer. Mais le jour où j'ai découvert que j'étais fou de mon chagrin, alors là, j'ai eu honte.

Je garde notre amitié de seize ans, et je garde notre amour de quelques mois. Je garde notre première fois aux Canaries, quand tu t'es rapproché de moi dans le lit, l'air de rien, l'air de tout, et que je me suis retourné, qu'est-ce qui se passe, tu sais très bien ce qui se passe : tu vas embrasser ton meilleur ami dans cinq secondes, tu vas faire l'amour avec ton meilleur ami cette nuit et, demain, ton meilleur ami ne le sera plus, enfin : il sera quelque chose de plus, ton amoureux, tu n'auras rien vu venir, ça va tomber de nulle part. Oui : je garde ce « tombé de nulle part » que je ne revivrai plus jamais ; car non, ça n'arrivera plus, de ne pas voir venir ; à partir de maintenant, on verra tout venir au contraire : l'un comme l'autre, à deux endroits distants, on draguera, on chauffera, ce sera un putain de suspense, on imaginera tout à l'avance, on espérera le meilleur, on redoutera le raté, le médiocre, mais on verra tout venir et personne ne nous rendra notre première fois, Octave. Ni les jours ni les nuits qui ont suivi, si parfaits parce qu'on avait pour nous cette première fois elle-même si parfaite.

Après ta fuite (je ne peux pas appeler ça autrement), j'ai rencontré un mec. Enfin : je me suis forcé à rencontrer un mec. Un souffleur de verre. Sur Grindr. Ça a été catastrophique. Il faut bien une première fois à tout. Alors voilà : ça a été ma première fois catastrophique. Le type était intéressant et il ne m'intéressait pas ; il était beau et il m'excitait un jour sur cinq. J'ai fait durer ça quelques semaines. Je t'en ai voulu au passage. De me retenir encore, et de n'y être pour rien. Et puis, j'ai compris que c'était beaucoup trop tôt. J'ai rangé ma déception et mon découragement dans mon Eastpak et j'ai laissé le souffleur de verre à ses œuvres. Je me suis dit : t'en prends pour quelques très longs mois, Vince ; t'appartiens encore à Octave ; tu voudrais croire que non, mais si.

Pleurer est devenu une activité quotidienne et banale, comme de boire, manger, pisser, dormir. Je pleurais parce que dans mes rêves tout était comme avant et qu'au réveil, je m'apercevais brutalement que rien n'était plus comme avant, je découvrais que tu m'avais salement largué, que tu avais quitté Paris à cause de moi, de nous. Je me jurais de ne plus jamais m'endormir parce que la nuit t'envoie des images des odeurs des paradis et *bam* : tu te réveilles et plus rien. Dommage pour ta gueule si tu y as cru.

Seul. Pleure. Le temps. Beaucoup de temps. Combien ? Six siècles. Très exactement. Tu peux me faire confiance : j'ai compté.

Et puis, un jour, tu ne sais pas pourquoi, tu ne sais pas comment (le souffleur de verre n'a rien pu, tu n'as rien pu toi-même pendant si longtemps) mais, un jour, tu peux dire : j'ai honte de ma peine, je la jette.

Je garde tout de notre amitié et de notre amour, mais je te rends tes derniers mots. Ceux que tu m'as crachés dans les chiottes du lycée le jour où on s'est fait insulter par Lillian et tes faux amis. Et ceux, glacés, que tu as lâchés dans l'interphone la nuit où je me suis pointé en bas de ton immeuble. Mâche bien et méfie-toi : ces mots-là sont redoutables.

Octave, à partir de maintenant et passé cette dernière lettre, tu n'existes plus. Si je jette mon chagrin, je te jette avec.

Au fait : j'ai eu mon BAC.

Sans mention.

Vince

Vince ne pense pas un mot de ce qu'il vient d'écrire. À part ça, peut-être : *la dernière lettre.* Oui : il faut absolument que ce soit la dernière.

1

VINCE

(JUILLET 2019)

Putain, ça la reprend. Juste le soir de mon bac. Elle a dû préméditer son coup, décréter que c'était le moment idéal, entre l'escalope milanaise et le tiramisu. Je t'explique : nous fêtons mon bac à la Madonnina, ma mère et moi, un restaurant italien près du canal Saint-Martin à Paris. Le patron est originaire du même coin que mes grands-parents maternels, pas loin de Naples. J'ai commandé un spritz. À ce point du repas, les glaçons ont fondu, dissipant le goût de l'alcool et ne laissant qu'une saveur fade d'eau froide. Le patron vient glisser son « *Come va ?* », ma mère lance un joyeux : « *Molto bene, grazie* », tout est bien. À la fin du plat de résistance, elle veut sortir fumer (pour la troisième fois) et nous voilà plantés sur le trottoir. C'est un beau soir d'été. La température commence tout juste à tomber, doux doux. Pas mal de fenêtres ouvertes et l'écho de musiques confuses qui se mêlent à des rires préenregistrés (quelqu'un au rez-de-chaussée d'à côté regarde un bêtisier à la télé). J'attends tranquillement que ma mère ait fini[1].

Et là, elle lance avec sérieux :

— Mon chat. Tu as dix-huit ans, tu as ton bac, tu n'es plus puceau[2]...

Elle cherche ses mots. Je la vois venir.

— Est-ce que ça te dirait de rencontrer ton père ?

Tous les ans, ma mère propose de me présenter à ce type. Je suis bon pour la diarrhée ; je connais le truc par cœur : le douloureux branle-bas de combat dans mes intestins quand elle me parle de mon géniteur qui me conduit invariablement aux chiottes dans la demi-heure. Mon avenir immédiat est tout tracé.

— Juste le voir une fois. Je suis sûre qu'il serait d'accord maintenant.

Ma mère prétend toujours qu'elle m'a fait toute seule, pour elle seule, OK. Mais en vrai ? Il a vécu ça comment le monsieur en question ? Bon, manifestement, il est au courant de mon existence, c'est déjà ça. Mais quoi : ça l'a arrangé de ne pas me reconnaître ? Il était marié, dans l'impossibilité d'avoir ce fils ? Il n'en voulait pas ? Et pourquoi serait-il prêt à me rencontrer *maintenant* ? Je me rends bien compte que

---

1. Pourquoi mordille-t-elle ses clopes ? C'est infâme. Entre deux bouffées, elle laisse la cigarette entre ses lèvres et déchiquette le filtre machinalement, ne laissant à la fin qu'un immonde bout de coton jaunâtre.

2. Ouais, je suis d'accord : on aimerait pouvoir se passer de ce genre de détail, mais ma mère est comme ça : elle dit tout ce qu'elle pense et, parfois, ça vrille un peu les tympans.

tout ça pue à force d'être resté terré dans le silence, un silence que j'ai été le premier à entretenir.

— En fait, peut-être que tu pourrais commencer par me raconter l'histoire, dis-je. Ensuite, je réfléchirai.

— Je te la raconte depuis ton plus jeune âge. Tu viens ?

Et nous réintégrons la salle du restaurant. Il y a très peu de monde. On se croirait un soir d'août alors que les grandes vacances viennent à peine de commencer. Je me perds dans mes pensées, changer de sujet, pitié…

— Tu es sûr que tu veux faire philo ? m'exauce-t-elle en goûtant mon tiramisu.

— C'est toujours pareil : tu dis que t'en veux pas et tu bouffes le mien !

Elle repose la cuillère aussitôt et signifie au patron qu'elle souhaite prendre la même chose.

— Pourquoi je ferais pas philo ? C'est pas bien ?

— Prof de philo, c'est très bien, admet-elle.

Elle attrape un crayon dans son sac et relève ses cheveux de jais en un vague chignon. Si ma mère ne fumait pas, elle serait indéniablement une héroïne.

— Je veux apprendre à penser.

Je m'interromps.

— C'est con comme phrase ?

Elle sourit.

— Solennel, mais pas con du tout.

— Quand on apprend à penser, on peut faire plein de choses dans la vie.

Tandis que j'aligne mes naïvetés, je suis le trajet délicieux du tiramisu dans ma gorge et, plus bas, de l'orage inquiétant dans mon ventre.

— Et puis, comme ça, je ferai comme toi.

Elle m'interroge du regard.

— Je deviendrai libraire. Rayon sciences humaines. Y a pas que prof dans la vie.

Elle soupire.

— Tu ne veux pas plutôt t'inventer quelque chose à toi ?

— J'ai déjà inventé suffisamment de conneries à moi, non ?

Elle prend un air suspicieux.

— Tu n'en penses pas un mot.

— Comment ça ?

— Je m'inquiète pour toi, Vince.

— Tu m'as vu dans des états pires, non ?

— J'aimerais que mon fils sache quoi faire de sa peau. Tu dis « philo », « libraire » pour dire quelque chose… J'ai l'impression que tu te fous totalement de ton avenir.

— OK. Pourquoi tu me prendrais pas en stage à la librairie ? Après tout, on part qu'en août…

— Ça t'intéresserait vraiment ?!

— Si je suis payé !

Ça ne la fait pas rire. Je bougonne :

— Je comprendrai jamais pourquoi les parents veulent jamais que leurs enfants fassent comme eux. Par exemple…

Je stoppe net. Le prénom ne veut pas sortir. Octave, allais-je dire. Octave dont j'ai appris (nos mères bossent ensemble) qu'il a galéré pour faire admettre à son père chirurgien qu'il ferait médecine.

Ma mère me regarde avec tendresse.

— Tu penses encore à lui ?

Elle caresse ma main. J'aimerais qu'elle arrête tout de suite. C'est gentil, mais je veux qu'elle arrête.

— Je n'en reviens toujours pas, radote-t-elle.

— Moi non plus, dis-je avec une amertume appuyée. D'ailleurs, j'y suis toujours.

— J'étais tellement persuadée qu'Octave et toi…

— Ce ne serait qu'un *accident* ?

Je me lève et je cours aux toilettes.

★

Nous marchons en silence au bord du canal. Nous avons notre partie préférée : juste en face du square Tribolati, plongé dans le noir à cette heure. Le bras d'eau fait un très joli coude à cet endroit. Nous croisons pas mal de jeunes qui profitent de la nuit chaude et partagent des bières.

L'ennui avec ma mère, l'ennui réel, c'est qu'elle tient une librairie avec celle d'Octave. Comment ne plus entendre parler de lui ? Hélène fait tout pour ne pas évoquer son fils devant moi, mais ça lui échappe parfois et je ne peux pas lui en vouloir. Elle ne précise bien sûr jamais quand il vient à Paris. Tous les week-ends, j'y pense : est-il de passage ? Pareil, il a pu m'arriver (je ne sais pas pourquoi j'en parle au passé) de demander des nouvelles quand je la vois, sur un ton neutre et détaché. Et elle répond. Alors la cavalcade repart sous le tee-shirt, le désir d'en savoir plus, il pense encore à moi ? Non, oublie, j'ai rien dit. Seul le temps sera mon allié, décidément, grignotant peu à peu mon amour comme un fruit trop mûr ; un oiseau passera par là, ou un rat : tiens, les restes ! Tout doit disparaître ! Alors je pourrai de nouveau entendre parler d'Octave, de sa réussite aux concours, de la spécialité qu'il vise[1], et je m'en tiendrai là parce que les amours d'Octave, non, faudrait pas pousser.

— Il surviendra au moment où tu t'y attendras le moins, déclare ma mère.

J'entends tout d'abord « reviendra » au lieu de « surviendra ».

— Tu parles de quoi ?

— Du nouvel amour, mon chat.

Elle passe un bras autour de ma taille.

— C'est un peu de la pensée magique, ton truc.

— Moi, j'y crois.

— Est-ce que je vais finir comme toi ?

— Euh… tu peux développer… ?

— Pourquoi t'es seule, maman ?

---

1. Il a toujours dit : neurologie. Ça l'obsède d'aller tripatouiller les boîtes crâniennes. Moi, j'irais bien voir dans la sienne pour comprendre ce qui lui a pris quand il a décidé de m'éradiquer de sa vie.

Elle ne rétorque rien, le regard haut vers le quai d'en face. Puis elle murmure enfin :

— C'est très bien aussi, la solitude.

— La solitude avec son fils chéri…

— Tu veux dire que je t'étouffe ?

— Ça fait longtemps qu'il ne t'est rien arrivé.

Elle lâche un rire bref.

— Ça te ferait bizarre si je ramenais quelqu'un… Oui, je peux t'assurer que ça te ferait très bizarre.

— Ce serait la bonne occasion de te quitter.

— Agréable…

— Nan mais je veux dire : aller vivre dans une chambre de bonne ou… celle de Mme Mercier, par exemple. Ça fait des années qu'elle propose de nous la louer. Et puis, c'est pas loin. Avoir un endroit à moi, quoi.

— Je prends trop de place dans ta vie ?

— Arrête avec cette obsession à la con !

Je la sens de nouveau revenue en elle-même.

— Je ne sais pas si j'ai tellement envie d'un homme, tu sais.

— T'as cinquante ans ! Sérieux ! Le désir, ça disparaît pas ! Il y a un mythe qui en parle. Chez Platon, je crois.

— Oui, dans *Le Banquet*.

— Voilà.

Je sors mon portable et je tape : « platon banquet wiki ». D'un doigt, je scrolle jusqu'à repérer l'origine du désir dans le discours d'Aristophane (qu'on a étudié pour le bac mais que j'ai déjà à moitié zappé) :

— De base, y avait trois catégories d'êtres humains : le mâle, la femelle et l'androgyne. Et chacun était double : quatre mains, quatre jambes, deux visages, deux sexes, etc. Et, un jour, ils ont voulu prendre la place des dieux.

Ma mère pouffe de rire.

— Quoi ?

— Rien. Je t'imagine donnant des cours en amphi.

— Donc. Ces crétins sont montés jusqu'au ciel pour combattre les dieux. Et là, Zeus les a coupés en deux. Depuis, chaque être recherche la moitié dont il a été séparé. C'est ce qu'on appelle le désir. Le mâle recherche son mâle originel, la femelle recherche sa femelle. Et pour les androgynes qui étaient mâle *et* femelle, ça donne les hétéros.

— Mais pourquoi n'y aurait-il qu'une seule moitié qui nous attend ? suggère ma mère. C'est très conformiste.

— Ça qualifie juste ta préférence sexuelle, à mon avis.

— Dans ce cas, qu'est-ce que tu fais des « fluides », comme tu dis toujours ?

— Je suis pas Platon, moi ! Tout ce que je sais, c'est que tu es programmée pour rechercher un homme, ou *des* hommes, si tu préfères. On n'est pas faits pour être seuls, maman.

— Mais c'est sans compter tout ce que j'ai déjà vécu. Mon passé amoureux, tu en fais quoi ? C'est là, ça reste. C'était fort, c'était remuant, c'était fatigant, c'était tout ce que tu veux, mais c'est là. Pourquoi ça ne suffirait pas ?

— Même François ?

Elle sourit, amusée.

— Non : François, c'était raté.

— Pouvais pas le blairer, celui-là…

— Je crois que tu as compris maintenant : on ressort assez épuisés de l'amour. Alors on ne peut pas y passer toute sa vie… Tu le diras à ton ami Platon.

— Mais comment font les autres ?

— Les autres ?

— Ben, ceux qui vivent en couple.

Elle hausse les épaules.

— Il y a ceux qui continuent à s'aimer presque comme au premier jour. Et puis, pour d'autres, l'amour change. Quelque chose se pose. La passion finit par s'apparenter à un beau compagnonnage.

— Et ça, t'en voulais pas ?

— Ça, peut-être que je n'en voulais pas en effet.

Je mate son profil.

— T'as été super libre, en fait.

Elle rit pudiquement. Parce que oui : elle a entendu la pointe d'admiration dans ma voix.

— J'ai fait avec ce que j'étais, mon grand. Il faut un certain talent pour vivre avec quelqu'un. Quelqu'un d'autre que son enfant. Et peut-être que je n'ai pas ce talent-là. J'ai eu celui d'aimer. Sans mesure. Et c'est tout, je pense. Est-ce si grave ? En voilà un beau sujet de philo pour toi !

— Vous avez quatre heures !

Nous dépassons un couple de trentenaires emmêlés l'un à l'autre et je me demande : auront-ils le talent de vivre ensemble, ces deux-là ?

— Mais vivre avec quelqu'un, c'est un autre sujet. Moi, ce que je voudrais savoir, c'est à partir de quel moment tu t'es dit ce truc trop bizarre : « Peut-être que je n'ai plus besoin d'homme dans ma vie ? »

— À partir d'un certain nombre d'histoires.

— On croirait que tu parles du capital soleil ! D'une réserve qu'on épuise !

— Bien résumé ! Je l'ai vécu et voilà.

— Comment ça : je l'ai vécu et voilà ?

— C'est *fait*, Vince. Je n'ai pas nécessairement besoin de le revivre tous les quatre matins.

Je me fige. Je suis atterré par la fulgurance déplorable que je viens d'avoir.

— Alors pour moi aussi c'est fait ? Octave était *THE romance* ? Et après, y aura plus rien ? Rien d'aussi dingue ?

Elle fait non de la tête :

— Toi, tu n'as pas épuisé tes réserves. C'est d'une telle évidence. On rentre ? Et pense bien que la femme qui te parle avance à tâtons.

Je lui adresse un regard d'incompréhension.

— On réfléchit tous dans une semi-obscurité, monsieur le futur philosophe. Même à mon âge. Je te dis les choses comme elles me viennent. Mais, si ça se trouve, je vais tomber amoureuse dans trois jours. Alors j'enverrai toutes ces belles théories dans le canal Saint-Martin. Et je remercierai Platon.

Avant d'entamer sa énième insomnie, ma mère a passé une tête dans ma chambre. J'étais en pleine indécision : me branler ou pas.

— Tu frappes, bordel !

Elle a refermé la porte et s'est exécutée.

— Ouais ?

— Juste te dire, a-t-elle hésité. On peut tout à fait reparler de ce stage à la librairie.

J'ai hoché la tête. Vas-y, laisse-moi me toucher.

— Mais il faut vraiment que tu réfléchisses plus sérieusement à ce que tu voudrais faire plus tard.

Elle a vu ma mine renfrognée.

— Il n'y a pas que l'amour dans la vie, Vince. C'est désolant mais c'est comme ça.

Et elle a refermé la porte doucement.

Le pire, c'est qu'elle a raison : je n'ai strictement aucune idée de ce que je vais faire de ma peau.

La vérité, c'est que je n'ai jamais fait que passer le temps en attendant de pouvoir vibrer. Passer le temps avec plus ou moins d'agilité, plus ou moins de bonne volonté. Comme tout le monde, je me suis beaucoup ennuyé, j'ai apprivoisé le vide, le terne, le tiède, j'ai maté des séries, je me suis branlé sur des pornos, j'ai été cet élève qui somnole au fond de la classe et sauve les meubles aux examens. Et puis il y a eu Octave : paradis. Pour le reste, rien de si prodigieux. Alors s'agissant de ce qui m'attend… Je me fous pas mal de ce que je vais devenir, chère mère. Et oui, j'ai dit « philo » comme j'aurais pu dire « javelot » ou « luminaires ». Mais quoi : si je m'aperçois au bout de quelques mois que je n'ai rien à foutre là, je ferai machine arrière et *basta.* Le désir, on sait quand il est là. Le problème, c'est qu'on nous demande de choisir avec des désirs qui ne sont pas là, ou pas encore. Les options au lycée déjà, puis la fac, la prépa, ou le BTS… Moi aussi, je les ai guettés mes *fucking* désirs d'avenir, je me savais attendu au tournant : Vince, tu as fait tes vœux ? Pitié, plus jamais les face-à-face avec la conseillère d'orientation : une vieille conne qui pensait que parler avec moi pendant des heures reviendrait à appuyer sur le bouton miracle, mais que dalle, personne ne m'aura moins inspiré qu'elle. Très vite, je n'ai plus eu qu'une mollesse assez tranquille à opposer au devoir de choisir et de s'engager. Dans tout mal, il y a un bien : aucun risque désormais que je me morde les doigts avec cette histoire d'avenir, tout simplement parce que je sais maintenant ce qu'est un *vrai* désir, j'ai *aimé,* alors je le regarde bien en face et sans la moindre trouille ce « vœu » que j'ai prononcé faute de mieux : philo, Sorbonne. Je veux prendre le risque et le temps de me planter sans en faire un drame, OK ? Et s'il faut aller chercher de l'argent pour ne pas rester l'éternel pédé à sa maman, je me trouverai un petit boulot. En fait, c'est ça : on ne *s'invente* pas en claquant des doigts tout ça parce qu'on nous l'a *demandé*. Je peux vous inventer une merde de moi-même quand vous voulez, mais pas du sérieux, pas du lourd, commençons plutôt par philo (si ça se trouve, je vais adorer en plus) et, en cas de sinistre, j'irai voir ailleurs si j'y suis, je tenterai 345 ailleurs s'il le faut. Mais je te redis les choses telles que je les vois, honnêtement : à part un amoureux qui me tomberait dessus, la médiocrité me va très bien, je n'y crois pas à leur grande aventure professionnelle, je ne pense pas que je kifferais le poste de directeur de la communication, je prendrai ce qui se présentera et ça ne vaudra ni plus ni moins que leurs agitations à eux. Même si je vois bien que ça passe mal : ce n'est pas une valeur d'avoir aimé, et c'est tout sauf une vertu d'avoir la sincérité de dire que je ne sais pas (encore) quoi foutre de moi et que ça ne me panique pas plus que ça. Au fond, les gens sont très vaniteux avec cette histoire d'avenir. Et comme il faut bien travailler, on fait croire à tout le monde que ça va être sensationnel. Tu parles. Mais je ferai ma part, pas de souci.

En attendant, je n'ai aucune ambition, sinon celle d'aimer.

Et ce n'est pas mon problème.

MILLE RAISONS DE DÉSESPÉRER #734

Je fais toujours le même rêve depuis quelque temps. Qui me fend le cœur et me laisse stupide au réveil. Ça se passe en pleine forêt. Très hauts les arbres, avec des percées aveuglantes de lumière çà et là. Octave est devant moi et, grâce à je ne sais quel pouvoir magique, je l'ai statufié. C'est comme un arrêt sur image : il est debout mais figé dans une camisole invisible, le regard opaque. À force de faire le même rêve, je ne m'étonne même plus de la situation ; au contraire, je sais parfaitement en profiter. D'abord, je m'approche de lui. Je le sens. Le cou, puis la nuque, je pivote, ses cheveux me frôlent le front et le nez. Ensuite, je le déshabille. Je commence par sa montre que je lâche dans le tapis feuillu. Je déboutonne sa chemise, je la lui retire. Je défais les lacets de ses Converse. Il y est pieds nus. Puis la ceinture. Le bouton du jean. Je baisse la braguette et, comme j'ai procédé pour les baskets, je plie ses genoux pour déloger le pantalon. Enfin, je le débarrasse de son boxer. Alors je m'assieds devant lui et je contemple mon dieu disparu. Je dévore du regard ce prince enfoiré, cet ingrat adoré, ma splendide catastrophe. Quand je l'ai longuement observé de face, je vais me poster dans son dos et, de là, je détaille cette sculpture offerte et sans défense. Avant de m'en aller, le laissant comme de pierre et nu en pleine forêt, je lui dis que je reviendrai bien sûr, je lui dis aussi qu'il est la beauté, je le remercie d'exister et d'être encore là, dans la jungle obsédante de mes nuits. Et je lui promets d'être un jour capable de le regarder sans pleurer. Oui, un jour, je reviendrai et je n'aurai plus besoin de le déshabiller. Bientôt, je parviendrai à rester de moins en moins longtemps. Et même à ne plus venir du tout.

C'est un rituel depuis qu'on se connaît : chaque année, à la veille d'être séparés pour juillet-août, Rokia et moi, on s'offre un dernier cinéma, puis une dernière pinte. Sans trop oser nous l'avouer, nous passons une soirée fébrile, partagés entre le soulagement de partir loin de Paris et le vague cafard à l'idée que nous ne nous retrouverons qu'en septembre. Passé cette soirée d'adieu provisoire (qui s'achèvera dans les bras l'un de l'autre, de longues minutes à nous serrer fort), nous nous appellerons deux ou trois fois la première semaine, puis une fois seulement la deuxième, ensuite nous préférerons nous envoyer des textos, comme si nos bulles estivales respectives étaient en quelque sorte irréconciliables, et les signes iront en s'amenuisant, jusqu'à l'éloignement silencieux qui nous conduira à la rentrée. Bien sûr, nous penserons souvent l'un à l'autre, mais nous laisserons filer les semaines sans plus de nouvelles que ce que nous trouverons sur Insta où nous nous likerons fidèlement.

Cette année, c'est différent. Rokia sait que je vais me retrouver super seul avec ma mère et le fantôme d'Octave. Et puis, c'est la fin du lycée : d'accord, on se retrouvera, mais notre « vie commune » est terminée. Notre amitié va devoir grandir. Rokia répète depuis quelques semaines comme pour exorciser : « On se verra moins, mais on se verra mieux. » En attendant : elle dans sa Maths sup, moi à la Sorbonne, tous ces arrondissements entre nous… Bien sûr, on sera toujours du même quartier ; bien sûr, on sera toujours de la même histoire partagée. Mais j'ai peur que quelque chose se perde, tout comme il m'est parfois arrivé de craindre de devenir un adulte raisonnable, sage et emmerdant. J'espère que notre amitié saura garder un peu de notre connerie.

Rokia a viré ses dreads. Je l'ai retrouvée les cheveux courts, légère et gaie. Elle portait un short plus psyché que jamais et un collier qui faisait *cling cling*, de ces trucs qu'elle aime dénicher dans les boutiques vintage où elle me traîne et où je me fais chier, n'ayant jamais exigé des fringues que de m'aider à passer inaperçu.

On est allés voir un nouvel énième Marvel, puis on s'est installés en terrasse à la brasserie du MK2.

— Ta mère s'est décidée ? a demandé Rokia.

— Le Touquet.

— Pourquoi Le Touquet ?

— Parce qu'elle n'y a jamais foutu les pieds. Pour essayer, quoi.

— Mais c'est pas tout à fait le Sud…

— C'est même tout à fait le Nord ! Je vais me peler les couilles.

— Elle a loué un truc ?

— Je crains le pire : dans un ancien motel. Des baraques grises, collées les unes aux autres et paumées face à un immense golf.

J'ai sorti mon portable et je lui ai montré les photos de l'annonce Airbnb.

— Ouch ! a ri Rokia, c'est le début d'un épisode de *Scream*, non ?

— Carrément...

Je suis resté songeur, la bouche cousue de perplexité.

— Fais pas cette gueule. Il y a la mer quand même.

— Tu vas me manquer, ai-je rétorqué.

— Et vous partez quand ?

Hormis au moment de l'embrassade finale, Rokia est la fille la plus pudique que je connaisse. Elle bifurque chaque fois que la météo devient sentimentale.

— Début août.

— Mais qu'est-ce tu vas foutre à Paris jusque-là ?

— Bosser à la librairie.

Elle a articulé de stupeur :

— Tu vas *bosser* ? Mais t'es un grand malade !

— Ben quoi : on voit passer beaucoup de garçons dans une librairie, non ?

Et je lui ai adressé un clin d'œil de gros pervers.

— Voilà une attitude positive.

— Et toi ? Lavandou ?

— Comme d'hab'. Fouta, volley et rosé. Cette année, je passe mon niveau 1 de plongée.

— Trop bien.

— Vince, il faut que tu te fixes un objectif, s'est-elle brusquement animée. Je t'écoute.

J'ai vidé mon fond de pinte, peu concerné.

— Pas d'objectif, chef. Les choses arrivent toujours quand on ne s'y attend pas. Alors à quoi bon…

— D'où tu tires cette théorie pourrie ?

— Et toi, ton objectif ? À part ton niveau 1 ?

Elle est restée le nez en l'air avec un demi-sourire.

— Réussir à séduire au moins deux mecs. Et être capable d'en choisir un.

— Rokia, j'ai peur…

Elle s'est penchée vers moi. Cette fois, il ne s'agissait pas de romantisme dégoulinant, elle avait bien entendu.

— Quand est-ce que je l'aimerai plus ?

— C'est très bien que tu bosses à la librairie, s'est-elle précipitée. Je dis pas que tu vas forcément rencontrer l'homme de ta vie mais ça va t'occuper la tête.

— Si on m'avait dit à quel point j'aimerais réviser le bac, et le passer… Je pensais plus à lui. À part la nuit.

— Il l'a eu ?

— Mention très bien.

Elle a posé une main affectueuse sur mon épaule (elle, je veux bien ; elle, ça ne me fait pas le même effet que ma mère).

— Tu t'es jamais dit que si tu revoyais Octave, tu serais peut-être super déçu ?

— Déçu par quoi ? ai-je marmonné.

Je sentais la chiale monter et je luttais.

— Déçu par ce qu'il est devenu. Tu l'as pas vu depuis un an et demi. Si ça se trouve…

— On change pas en un an et demi ! l'ai-je coupé.

— T'as beaucoup changé, toi.

J'ai relevé la tête, intrigué.

— Comment ?

Elle a réfléchi quelques secondes.

— C'est peut-être d'avoir tout pris en pleine gueule. Tu parles plus pareil. Tu…

— Je suis devenu chiant ?

— Plus mûr, je dirais.

— OK, exactement ce que je craignais : un mollusque mélancolique et chiant.

Rokia m'a souri.

— T'as gagné… une vérité.

— Quelle vérité ?

Elle m'a regardé droit dans les yeux (elle sait qu'on ne peut pas lui échapper dans ces cas-là).

— Ça… Y a que toi qui peux le savoir.

— Bonjour. Je vous ai commandé un livre la semaine dernière.

— À quel nom ?

— Manset.

— Un instant, je regarde… *Pourquoi être heureux quand on peut être normal* ?

— Tout à fait.

Pour mon premier jour aux Nouvelles Vagues[1], j'ai voulu faire honneur : j'ai sorti les bottines en cuir que je ne mets qu'aux grandes et rares occasions. Moralité : en une matinée, mes pieds sont déjà foutus. Dès demain, ce sera Stan Smith.

— Bonjour, je voudrais offrir un livre à mon père.

— Oui… Il aime quoi comme genre ?

— Pas de roman. Plutôt de la politique. Il faut que ce soit « vrai ».

---

1. C'est ma mère qui a trouvé le nom de la librairie.

Je ne croiserai pas Hélène : elle a pris son mois de juillet. Maman s'est bien gardée de me préciser où elle est partie. Avec ou sans Octave ? Pour une fois, j'ai été raisonnable et je n'ai pas posé de questions.

— Bonjour. Qu'auriez-vous à me conseiller pour un adolescent de quatorze ans qui n'aime pas lire ?

— Bonjour, je voudrais découvrir un jeune auteur. Mais *très* jeune. Vous auriez ?

— Vince ! Tu peux aider Micha à faire les paquets-cadeaux, s'il te plaît ? J'encaisse la dame.

Micha a été chargé de me faire faire le tour du propriétaire ce matin : détail des rayons, comment fonctionne la caisse, comment chercher sur l'ordinateur la disponibilité de certains titres, comment passer une commande, autant d'informations d'un coup, léger vertige, et ma mère aux aguets, mais il s'est montré très pédagogue.

Micha a quelques années de plus que moi. Dans les vingt-cinq ans. Il sort d'un master métiers du livre. On le sent déjà comme un poisson dans l'eau. Pour la pause déjeuner, il m'a proposé d'aller bouffer un sandwich au bord du canal et j'ai trouvé ça positif. Après tout, il aurait très bien pu voir d'un mauvais œil l'arrivée du fils de la patronne.

— T'as l'air vanné, sourit-il.

— Total. Va falloir que je m'adapte. Physiquement, je veux dire. Je me suis agité dans tous les sens pour pas faire trop attendre les clients.

— Les juilletistes vont bientôt se barrer. Ce sera plus tranquille dans une semaine.

Micha croque dans son sandwich, le regard braqué sur l'eau opaque et verte du canal. C'est un mec plutôt petit, physique sec, fine moustache, tee-shirt en V moutarde (il faut décidément être brun pour porter ce genre de couleur), bermuda court et Vans aux pieds. Le hipster parisien typique, quoi. Et l'air parfaitement à l'aise (ce qui va avec, par définition).

— Tu travailles à la librairie depuis longtemps ? dis-je pour rompre le silence qui commence à s'éterniser.

— Six mois. Tu viens pas souvent, toi…

— Pas assez au goût de ma mère. Du coup, je me fais un petit séjour intensif !

Début de conversation creux. Normal, on ne se connaît pas. Je n'ai pas d'autre choix pour le moment que de suivre cette pente polie et réservée.

— Ils sont comment les clients du quartier ?

— Plutôt cool.

Il mâche.

— Ouais, très cool en fait. Y a forcément des types chelous, mais comme partout.

— C'est-à-dire ?

— Genre le vieux plutôt gentil mais qui a décidé de te tenir la jambe. T'essaies d'écourter. Tu fais deux pas en arrière. Tu vérifies un truc sur l'ordi. Et il est toujours là. Ceux-là ont vraiment de la suite dans les idées : ils sont experts pour relancer la conversation à tout bout de champ. Mais globalement c'est top. Et puis, Hélène et ta mère ne sont pas trop tarées, ça va.

Je me tourne vers lui, interloqué.

— Je déconne.

Il rit après coup.

— Tu veux du Coca ?

Je n'ai rien acheté à boire et ça ne me tente pas trop de partager sa canette. Il n'y a qu'avec Octave que je pouvais faire ça. Je fais non de la tête avec un petit sourire pour le remercier.

— Le truc bizarre quand t'es libraire, reprend-il, c'est que t'as pas tellement le temps de lire… Ça, c'est pour le soir quand tu rentres. La journée, y a beaucoup trop de taf. Les cartons d'offices qui arrivent, les cartons de retours à faire…

Certains termes m'échappent mais je laisse passer.

— Le kif, c'est quand on te demande un conseil.

— T'essaies de placer tes livres préférés ?

— C'est clair.

— Qui ?

Profil penché, il m'interroge du regard.

— Qui quoi ?

— Imagine, je suis un client, tu me conseilles quoi ?

— Ben… Faut déjà que tu me parles de ce que t'aimes. Tu cherches un roman, un essai, une BD ?

Moi, je suis spécialisé jeunesse, *young adults* et romans graphiques.

— Alors une BD.

Micha lisse sa petite moustache. C'est un geste machinal chez lui. Il m'adresse un regard furtif, comme si ma gueule allait l'aiguiller.

— *Fun Home* d'Alison Bechdel. Elle raconte la mort de son père dont on lui a toujours dit qu'elle était accidentelle.

— Alors que non ?

Il sourit.

— Je veux pas spoiler.

— C'est fait, dis-je amicalement.

— Et elle évoque la découverte de son identité sexuelle, lesbienne en l'occurrence. Le tout avec du Proust. Ça se lit comme un roman. C'est juste génial.

— D'accord. Et… si on sort de ton rayon. Je suis censé commencer un cursus de philo à la rentrée, tu me conseillerais quoi ? Pas du Platon, si possible, j'en peux plus.

Je me rends compte brusquement que je pourrais passer pour le sbire de la patronne qui teste la nouvelle recrue. Heureusement, il répond du tac au tac, toujours aussi détendu :

— Anne Dufourmantelle. Tu connais ?

Je fais non de la tête.

— Cette femme a intitulé l'un de ses livres *Éloge du risque* et elle est morte en sauvant un enfant de la noyade, il y a deux ans…

— Sérieux ?

— Tu peux lire aussi *En cas d'amour.*

— Tu me files du Coca ?

Il me tend la canette. Je bois et ça ne me dégoûte pas pour une fois. Je dois être comme les chats : méfiant pour commencer mais capable de vite baisser la garde.

— Faut pas trop tarder, prévient Micha en avisant l'écran de son portable qu'il replonge dans sa poche (il force, bermuda slim oblige).

C'est là que je remarque la bague à sa main droite. Un anneau très mince : pierre noire et brillante.

— C'est quoi ? dis-je en désignant son annulaire.

— De l'agate.

— T'es marié ?

— C'est un cadeau de mon ex. Qui m'a largué.

Il fait une moue fataliste.

— Mais alors pourquoi tu la portes encore ?

— En fait, dans mon esprit, c'est plus tellement lié à notre histoire. C'est juste… un peu de ma vie d'avant que j'ai envie de garder.

— Ta « vie d'avant » ? Tu parles déjà comme ça à ton âge ?

— Je te le confirme : y a clairement des chapitres dans la vie et ça commence très tôt. Tu viens ?

Micha appartient donc au même club que moi : le clan des lâchés. J'ai super envie de l'assommer de questions. C'était qui ? Une fille ou un mec ? Ça a duré combien de temps ? Est-ce que tu l'aimais plus qu'elle/il ne t'aimait ? Tu penses encore à elle/lui ou moins ou plus du tout ? T'es mort et t'as survécu ? C'est ça la vie d'avant et la vie d'après ?

— Moi aussi je garde une trace du chapitre précédent, dis-je à Micha. Moins facile à enlever…

Je lui montre mon poignet au creux duquel j'ai fait tatouer : VO.

— VO comme « version originale ».

Je laisse passer un silence.

— Bon, ça veut surtout dire « Vince Octave ».

— Sérieux, t'étais avec le fils d'Hélène ?

Mon tatouage date du 3 février. Je me suis levé et je me suis fait un trip : OK, ça a existé, ça existera toujours. Et puisqu'on n'*efface* pas (on *dépasse*, nuance), j'ai besoin de *fixer* quelque chose de mon amour pour Octave afin de tourner définitivement la page. Ma mère n'était pas du tout d'accord. Je l'ai fait quand même.

Micha marche vite, je presse le pas pour le rattraper, scrutant sa silhouette déterminée et frêle. Je pense : attention, il y a peut-être là un allié. Je ne dis pas forcément un ami. Tout doux. Je dis juste : une promesse.

Pas besoin d'attendre la fin de cette première journée pour tirer les conclusions : ce qu'il me faut à moi, c'est tenir la caisse et basta. Biper, 18 euros s'il vous plaît, carte fidélité, rendre la monnaie, paiement sans contact, paquet-cadeau, là au moins je masterise un minimum. Parce que sinon : ultra dangereux de traîner dans les rayonnages. Toujours quelqu'un pour venir te demander ton avis, savoir si tu as lu ceci ou cela... Tu t'aperçois vite qu'en dépit de ton goût pour la lecture, tu n'as quasiment rien lu, c'est flippant le nombre de bouquins qu'il y a dans cette librairie, le nombre d'auteurs qui ont pondu une œuvre. Toi, là-dedans, tu ne connais pas plus Kundera que Pavese ou Perros. Bon, j'ai bien tenté de placer mon livre préféré (*Feux* de Yourcenar que j'ai lu 46 929 fois quand Octave m'a jeté), mais il n'est pas en rayonnage. Et aussi, j'ai espionné ma mère en début d'après-midi : « Ah, je vous conseille vraiment cette réédition d'Édith Wharton. Une nouvelle traduction. » J'ai tout ressorti tel quel une heure plus tard et je me suis fait gauler quand on m'a demandé le pitch : « Je voudrais pas spoiler. » Mais ça ne marche pas sur les clients, ça. Ils veulent vraiment que tu leur donnes envie. Le pire : quand ils cherchent *le* polar de l'été. Jamais lu un polar de ma vie, moi ! Alors, bien sûr, tu peux toujours renvoyer sur la patronne : « La responsable du rayon est là-bas. » Mais les habitués te captent aussitôt. Tu n'es vraiment qu'un ignare crasse de tes couilles et c'est tout. Et tu ne vas quand même pas vendre à Mme Turpin *Le Banquet* de Platon, quoi ! Tu finis par adresser un regard désemparé à Micha, il vient une fois, deux fois, et puis tu cesses de l'implorer, pas ton larbin quand même. Non, la seule solution raisonnable, c'est de fuir les tables de nouveautés sous peine d'être coincé comme un lapin de garenne sur une route de nuit avec l'énorme SUV qui te fonce dessus. Quand tu as compris ça, tu restes pas loin de la caisse et tu te précipites quand quelqu'un a un livre à payer. *Sauf*, évidemment, quand passe une bombe…

J'ai l'impression qu'elles sont rares mais tout est affaire de patience. Cet après-midi, une bombe est donc entrée dans la librairie, genre : 8/10 à vue de nez. Une vingtaine d'années, chevelure blonde (presque blanche), tendance à friser dans la nuque et sur les tempes, short laissant à découvert des mollets plus appétissants que n'importe quel poulet bio rôti à la maison. Juste : la bombe. Que j'imaginais spontanément davantage en train de surfer à Biarritz que lisant du Flaubert, mais bon : pourquoi pas.

Je repère le rayon vers lequel il se dirige (BD), Micha est occupé en réserve, la voie est libre, je quitte la caisse et fais semblant de remettre bien en pile les ouvrages qui ont été feuilletés, je reconnais dans le sillage du garçon ce parfum familier qui serait capable à lui seul de me déclencher une érection, un truc de chez Dior, j'ignore quel est mon historique avec ce parfum, pas du tout celui que portait Octave, il se trouve pourtant qu'il me rend dingue, et c'est précisément celui du surfer intello, alors je lance la phrase miracle avec un naturel digne d'un élève du Conservatoire national d'art dramatique :

— Je peux vous renseigner ?

Le vouvoiement sonne super chelou, on a le même âge et ma « fonction » ne change pas grand-chose. D'ailleurs, le surfer intello lève des yeux dédaigneux vers moi :

— Ça va, je suis en repérage.

Moi aussi, mon pote.

Je me remets à mon rangement inutile. De biais, je mate ses baskets blanches immaculées, socquettes, chevilles douces, c'est une épreuve, c'est une douleur, même pour moi qui suis si peu amateur de Grindr et de plans cul. L'apparition d'un ange ne se boude pas. Et puis, j'aime cet air un peu méprisant, cette moue d'inatteignable (pourquoi toujours triper sur les mecs qui ne me calculent pas ?). Quand, brusquement, il désigne *Fun Home* d'Alison Bechdel sur lequel Micha a glissé un bandeau où figure au marqueur son avis enthousiaste :

— C'est toi qui as écrit cette critique ?

Un coup d'œil vers la réserve. Dans n'importe quel scénario logique, tu acquiesces, tu sors trois phrases en paraphrasant ce que Micha t'a raconté pendant le déjeuner, c'est le moment qu'il choisit pour revenir de la réserve et, trop heureux de voir quelqu'un sur le point de voter *Fun Home*, il se précipite, s'emballe et, involontairement, te grille, le surfer intello comprend que tu n'es qu'un mytho pathétique, une honte de plus à inscrire à ton palmarès déjà bien garni. Alors je dis :

— Non. Le responsable du rayon ne devrait pas tarder.

Je retourne vers la caisse, découragé, et même : accablé.

Mais tu t'attendais à quoi au juste ?

Coup de foudre dans le 11e arrondissement de Paris ! Un libraire stagiaire et un surfer intello tombent follement amoureux au premier regard. Projetant de se marier dans les plus brefs délais, ils lancent un appel pour entrer en contact avec l'autrice de *Fun Home*

dont ils aimeraient vivement qu'elle
soit leur unique témoin.

Moralité : le garçon n'a rien acheté. Il n'a même pas eu un regard pour moi en partant. Et, après m'être senti absolument désespéré pendant six minutes trente-deux, je n'y ai plus pensé.

Ça revient par flashs imprévisibles.
Je n'en peux plus.
Tes pieds si petits pour ta taille,
ta bite tellement normale,
tes fesses-ballons,
ta lèvre du haut bien retroussée,
tes couilles imberbes,
ton haleine-parfum,
tes cuisses que tu bandais comme des pectoraux pour m'amuser,
tes chevilles où s'échouaient les derniers poils clairs de tes jambes,
tes ongles rongés,
les petites plaies tout autour,
ton nez que tu n'aimes pas mais moi si,
et tes yeux jamais cernés.
Laisse-moi.
Laisse-moi.
Laisse-moi.

Ce soir, en rentrant de la piscine[1], je n'attendais qu'une chose : m'enfermer à mon retour dans ma soupente étouffante, ouvrir le Velux en me hissant sur le lit, puis feuilleter ce poche que j'ai piqué à la librairie avant de partir. J'étais impatient de découvrir ce que pouvait signifier ce titre : *En cas d'amour*. Conditions à remplir, me suis-je répété tandis que l'eau brûlante de la douche ruisselait sur mon corps encore essoufflé : ne pas me faire surprendre par ma mère, œil de lynx qui entre toujours sans frapper, et prendre suffisamment soin du livre pour pouvoir le remettre en rayonnage ni vu ni connu.

1. J'ai pris cette habitude au beau milieu de la crise de 2018 (c'est comme ça que je nomme ma rupture amoureuse) : avant même qu'Octave ne me quitte, comprenant que la situation m'échappait méchamment, je me suis forcé à aller nager et, contre toute attente, j'y ai pris goût, découvrant combien il était apaisant de m'épuiser, décharger toute cette énergie de ressentiment et de tristesse que mon corps produisait et accumulait au fil de la journée. C'est rapidement devenu un besoin, une nécessité, une drogue.

Nuage de fumée. Des gens qui parlent fort à la radio. Ma mère confortablement installée dans le canapé, pieds nus sur la table du salon, le vieux chat malingre et toujours pas mort lové contre elle. Respiration momentanément coupée pour ne pas trop respirer sa putain de fumée et ruiner mes efforts du jour, je me penche au-dessus de l'animal et caresse son pelage rêche. Souvent, je fais chier ma mère en prétendant qu'elle a recueilli cette bête uniquement pour compenser l'absence d'homme à la maison. Je suis souvent le chat dans l'appartement en miaulant : « Papa, papa ! »

— Tu as bien nagé ?

Ma mère recrache une bouffée, je m'écarte de la zone sinistrée.

— Tranquille.

Elle baisse le volume de l'enceinte dans laquelle les gens commencent à s'engueuler.

— Tu as faim ?

— Pas trop.

— Comment as-tu trouvé ta journée ?

Je scrute son visage. M'a-t-elle préparé un petit debrief en forme de recadrage ?

— À part Mme Manset qui pue de la gueule, ça s'est plutôt bien passé, je crois…

Elle acquiesce. Elle a l'air satisfaite de moi.

— Quand même, on va en avoir vite marre de passer nos journées ensemble, fait-elle remarquer.

— Sympa.

— Ne me dis pas que tu n'y as pas pensé !

Je vais à la cuisine, ouvre le frigo. Je m'empare d'une tranche de jambon, saisis trois cornichons et je prends la direction de ma tanière.

★

L'auteur était philosophe et psychanalyste. Le livre commence par le récit d'une séance. Une femme « sans âge », dans « un tailleur de couleur neutre », vient la consulter pour la première fois et lui sort : « Je voudrais que vous me débarrassiez de l'amour. »

Micha, comment te dire ?

Tu n'es plus libraire à ce stade.

Tu es médium.

La psychanalyste lui répond aussitôt : « J'en serai bien incapable, madame. » Ceci n'est pas un conditionnel mais un futur. Elle est formelle : « Vous ne pourrez jamais vous débarrasser de l'amour. » Alors la femme distante et contrariée rétorque : « Moi, j'ai aimé un homme et j'ai cru, oui, mourir quand il m'a quittée. Ça arrive tous les jours n'est-ce pas ? Seulement c'était il y a vingt-cinq ans et je ne m'en remets pas. »

Et là, tu ne sais pas si tu vas avoir les couilles de continuer.

Sauf quand un jeune libraire, flottant au-dessus de ton épaule, te dit : « Si. Bien sûr que si. »

Micha, qui es-tu ?

— Vince !

La voix perçante de ma mère derrière la porte.

— Vince ! T'as pas mis ton réveil ou quoi ? On n'est que tous les deux à la librairie aujourd'hui, grouille !

Je me redresse. J'ignore jusqu'à quelle heure j'ai lu. Je contemple la couverture carrément cornée. Je me suis manifestement endormi sur le bouquin. Plus présentable du tout, *En cas d'amour* ne rejoindra pas les rayonnages de la librairie. Comment le remplacer ? Aller le racheter ailleurs ? Ma mère tambourine de nouveau en passant. Je remets mon grand projet de substitution à plus tard, je saute du lit, j'enfile mon jean, puis mes baskets, j'attrape un vague tee-shirt sans prendre le temps de vérifier s'il est propre ou pas, on s'en tape, je sens encore le chlore de la veille, je me jette dans le couloir, fais machine arrière, j'ai oublié mon portable, je le chope, je claque la porte derrière moi, dévale l'escalier et rejoins ma mère en bas de l'immeuble.

— Pourquoi il est pas là Micha aujourd'hui ?
— Il est à temps partiel. Accélère.

Fuck. S'il y avait quelqu'un à qui j'avais des milliards de choses à dire aujourd'hui, c'était bien lui.

Je procède en plusieurs fois, sitôt qu'une accalmie en caisse m'en donne l'occasion :

1. J'identifie son nom de famille sur le site de la librairie dans l'onglet « Équipe » : Micha Dudek.

2. Je le trouve sur Insta sous le pseudo « Midek ». Profil privé. J'envoie une demande pour être abonné à sa page.

3. Je vais chercher sur le Net la couverture d'*En cas d'amour.*

4. Je la publie sur ma propre page avec la légende qui s'impose : « Vous ne pourrez jamais vous débarrasser de l'amour », et je tague Midek.

Toute la journée, je checke discrètement mes notifications. Dix-sept heures : enfin une pastille rouge attestant qu'il a accepté ma demande. Pas le temps pour le moment d'explorer ses publications. Je remarque toutefois qu'il s'est abonné en retour. Il a liké la couverture du livre d'Anne Dufourmantelle, ainsi qu'un post datant de 2018, juste après ma rupture :

16:52 55 %

Instagram

vincegiord ...

les baisers premiers ne
sont souvent pas les
derniers

45 J'aime

vincegiord Bravo au garçon qui m'a écrasé le cœur en un temps record.

MILLE RAISONS DE DÉSESPÉRER #735

Une phrase du livre a été décisive cette nuit : « Il n'est pas rare aujourd'hui d'écouter un adolescent vous parler de sa libido exacerbée, de son mal-être, etc., mais il y a bien une chose qu'il ne dira pas facilement, c'est ce qui l'a fait passer d'un corps de garçon (c'était mon ami, et puis c'est allé un peu plus loin...) à une jeune fille avec laquelle il s'apprête à habiter. »

D'abord la stupeur : comment une inconnue réussit-elle à formuler sous mes yeux (comme pour me porter secours) le secret d'Octave ?

Puis l'effroi devant cette autre vérité que je me formule avec précaution, mais tranchante, intraitable : « Bien sûr, tu l'as deviné : à cette heure, Octave dort probablement dans les bras d'une fille qu'il aime. »

Soyons clair : vu ce que j'ai lu, je décide, sans même le consulter, que Micha est mon salut de l'été. Qu'on me donne un frère d'armes à défaut de me débarrasser de l'amour.

Et je sais : je veux que tout aille vite, je suis fatigant, trop pressé, je m'emballe, je devance, il n'empêche :

Je nomme aujourd'hui Micha
Premier Ministre de ma vie,
avec pour mission de me sortir
de « la crise de 2018 » à coups d'ordonnances
et de décrets bien sentis.
À partir d'aujourd'hui et jusqu'à nouvel ordre,
l'amour n'a plus cours.

M

midek
En ligne

11 juillet à 11:48 PM

Alors comme ça on « emprunte » des livres à la librairie 😋

Hé, hé ! J'avoue je crains pas trop les représailles

T'as commencé..?

Plus que ça

Et ?

Ben, je sais toujours pas ce qu'il faut faire en cas d'amour mais en attendant je me suis pris une bonne mandale dans la gueule

Ça me fait plaisir (façon de parler). C'est con mais quand on conseille un livre, on joue toujours un truc de soit..

Soi*

Ouais : si la personne aime pas, on peut pas s'empêché de le prendre contre nous je sais

Grave

— Vince, tu pourrais te coucher avant trois heures du matin, histoire de ne pas être totalement défoncé de fatigue demain ? Merci !

Vince

Y a un truc qui m'a fait froid dans le dos quand même : a un moment elle raconte l'histoire d'un homme qui sauve un enfant de la noyade. Or tu m'a dit qu'elle était elle-même morte en sauvant un enfant de la noyade…

Oui. Y a rien à dire. C'est tragique et.. Je sais pas

Là, plus rien. Je laisse passer trois minutes.

Tu reviens demain ?

Si seulement j'étais parti 😊. Pardon mais je RÊVE grave d'être ailleurs là.. Tous mes potes sont barrés en vacances..

Et moi je déteste mes
rêves en ce moment ☹
À demain

Yep. À demain !

Pourquoi Micha met-il toujours deux points de suspension au lieu de trois ?

Avant de tenter de m'endormir, je passe en revue les publications Insta de mon nouveau maître Jedi. Obi-Wan Kenobi est un photographe en herbe : rien que des clichés *made in* Midek, pris en ville, au fil de ses déambulations. Des détails poétiques, parfois mélancoliques. Je me force à n'en liker que trois (peux pas faire moins), dont la seule image sur laquelle il figure.

LA SOLITUDE

you are
beautiful

Il était un peu plus de treize heures et j'étais seul à la librairie. Ma mère avait rendez-vous avec sa banque. Micha était parti nous acheter des sushis. Je finissais *En cas d'amour*, assis derrière la caisse, quand j'ai senti une présence dans mon dos. Instinctivement, je me suis tourné vers la vitrine. Il me fixait depuis la rue, planté raide sur le trottoir. Lillian : mon ennemi de toujours (quoi : l'ennemi de mes années lycée). Lillian qui avait mis un point d'honneur à m'asséner chaque matin ses petits crachats homophobes et rances. Lillian qui s'était retrouvé un soir avec une incisive en moins (j'ai toujours eu tendance à cogner) et, quelques jours plus tard, une prothèse bien chère et vissée dans la mâchoire. En vrai, Lillian n'a certainement jamais eu de problème avec moi mais plutôt avec lui-même et ce à quoi je le renvoyais sans le vouloir. Ce midi, Lillian ne me lâchait pas du regard, mais il n'avait plus seulement le sale air que je lui avais toujours connu : il semblait me poser une question affolée. Il avait dû m'apercevoir en passant, il s'était immobilisé et paraissait à présent incapable de s'arracher à cette vision (moi, donc) qui devait le rappeler à cette part de lui qu'il a choisi d'enfermer à la cave et qui continue à cogner contre la porte blindée. On est restés au moins vingt secondes à se regarder (vas-y, compte, c'est long). Quelque part, et même si je percevais encore de la haine chez lui, il avait l'air de m'appeler au secours. Il me faisait pitié. Et dans cette pitié, il y avait un peu de tristesse pour lui. Puis il s'est remis en marche, il m'a lancé un dernier regard, furtif, et il a disparu au coin de la rue. C'est à ce moment-là que Micha est revenu du japonais.

— Ça va ?

J'ai fait signe que oui de façon un peu mécanique.

— Sauce sucrée ou salée ?

— Sucrée, steup.

Il a arrosé les petits blocs de riz.

— Tu le connais, ce type ?

— Quel type ?

Je sonnais méchamment faux.

— C'était chelou comment vous vous regardiez…

J'ai haussé les épaules.

— Un ex ? a tenté Micha.

Je voyais bien qu'il avait l'impression que je lui mentais.

— Juste un pauvre type avec qui j'étais en classe.

Je me suis forcé à me ressaisir.

— Tu viendrais chez moi un de ces soirs pour mater une série ? ai-je demandé.

Il a engouffré un maki. Manifestement, ma proposition l'embarrassait. Tu vas trop vite, ai-je pensé. Combien de fois faudra-t-il te dire de ralentir ?

— T'es pas du tout obligé, me suis-je repris.

— C'est juste que… chez toi, c'est aussi chez ma boss. Chelou, tu vois ?

J'ai acquiescé dans le vide. Je me suis demandé de quel milieu social venait Micha pour avoir ce genre de réticences. Il semblait apprécier ma mère, mais quand même : c'était sa « boss ».

— Toi, tu pourrais venir chez moi, a-t-il suggéré. On m'a parlé d'une série qui a l'air top, mais peut-être que tu l'as déjà vue.

— C'est quoi ?

— *Skins.* Pas tout neuf.

— Jamais entendu parler.

— Paraît que c'est trash.

— Ça va les garçons ? a lancé ma mère qui faisait son grand retour. Ben, vous mangez debout ?

— On va pas s'installer sur les tables de nouveautés, ai-je souri.

Elle m'a adressé une petite grimace gentille. Ça semblait lui faire plaisir qu'on s'entende bien, Micha et moi. Peut-être qu'elle pensait comme moi que c'était une bonne chose d'avoir un nouveau pote, histoire de décrocher un peu d'Octave et de la grande fresque du chagrin.

— C'est quoi le sujet de ta série ? ai-je relancé.

— La vie d'une bande d'ados à Bristol.

— Je demande juste un gay dans l'histoire…

Micha a souri :

— Je crois qu'il y en a deux.

Je me suis arrêté de mâcher. Souvent, j'entends plusieurs phrases en une et je ne sais jamais si j'ai raison. Là, par exemple, j'entendais : il y a deux gays dans la série, mais aussi : il y a deux gays dans une librairie en train de bouffer des sushis. Quand je confie à ma mère ce que j'entends et qui n'est pas dit, c'est la loterie ; elle peut très bien réagir d'un « C'est comme le nez au milieu du visage » ou m'envoyer un « Qu'est-ce que tu vas encore chercher ? ». Moi, je m'en foutais que Micha soit hétéro ou gay. Seulement, j'avais la puce à l'oreille maintenant. C'est finalement lui qui a tranché :

— Alors on se la fait quand cette soirée entre pédés ?

mar. 12/07/2019 19 h 14

Giulia Giordano <giulia.giordano@gmail.com>

Voilà, tu la connais l'histoire

À vincegiord@gmail.com

J'ai été une gosse de riches, élevée à Mergellina (je t'y ai emmené mais tu étais tout petit, tu ne dois pas t'en souvenir, c'est un quartier chic de Naples). Nous vivions dans un vaste appartement qui donnait sur la mer. Il a été vendu quand ton grand-père a pris sa retraite ; ils se sont alors acheté la petite maison de Sorrente que tu connais. J'ai été une fille aux ordres. Bien droite dans le rang. Et j'aimais ça. Je savais parfaitement devancer les désirs de mes parents. Je percevais, dans chaque situation, ce qu'on attendait de moi. Je faisais la leçon à mes sœurs, alors que j'étais la cadette. Je devais être exaspérante. Je jouais mon existence comme on récite sa leçon. Je ne recevais qu'une affection rare et distante de la part de mes parents, mais quand on ne connaît rien d'autre... Et puis, nous étions toutes logées à la même enseigne.

C'est arrivé avec l'adolescence : le sentiment que je portais un déguisement. J'ai commencé à ne plus voir exactement les choses comme mon père et ma mère les voyaient. Leur conformisme obtus m'est apparu. Qui plus est, j'ai eu peu à peu l'intuition qu'ils ne s'étaient jamais follement aimés : plutôt une alliance qui les avait arrangés pour bâtir leur belle vitrine. Rien que de très banal dans ce milieu bourgeois mais, quand il s'agit de tes parents, tu mets parfois un certain temps avant de t'en apercevoir. *A contrario*, j'enviais mes sœurs qui faisaient de discrets pas de côté, qui s'amusaient, expérimentaient... Mais je ne pouvais pas m'empêcher de me sentir étrangère à leur joie de vivre, et à cette jeunesse napolitaine si attirante. Les garçons n'auraient même pas pensé à me prendre à l'arrière de leur Vespa pour m'emmener boire un verre... Je n'avais jamais sympathisé avec quiconque que du bout des lèvres, presque par diplomatie. Je n'avais pas de réel ami. Je m'étais enfermée dans le rôle qu'on m'avait écrit et je le jouais à la perfection. J'étais une fille seule. Et ma compagnie emmerdait tout le monde au final, jusqu'à mes sœurs. Plus les années ont passé, plus je me suis retrouvée isolée en moi-même, avec un seul désir : partir. Je te souhaite de ne jamais connaître ça : tu t'aperçois un beau jour que tu n'es qu'un automate, et tout le monde autour de toi en est témoin, alors (est-ce un péché d'orgueil ou d'amour-propre ?) tu es incapable de faire machine arrière en présence desdits témoins. Tu ne pourras commencer à devenir toi-même que sous des regards totalement vierges, et dans un monde suffisamment nouveau pour laisser pousser tout l'inédit possible en toi, et sans que personne ne puisse te rappeler quelle imposture docile tu as été jusque-là.

J'allais avoir dix-huit ans. Je me desséchais à force de jouer la fille idéale de la lignée Giordano. J'avais envie de choisir pour moi-même, vivre pour moi. Le goût de ses désirs à soi… Je ne l'avais trouvé que dans la lecture et le cinéma. La poésie d'Elsa Morante, par-dessus tout. Je dois encore les avoir dans la bibliothèque, ils s'effeuillent à force. « Seul qui aime connaît. Pauvre qui n'aime pas ! » Tu comprends, toi, ce qu'elle voulait dire par là. Pour moi, c'était si brumeux… Et quand j'ai lu *Le Mépris* de Moravia : ce couple qui se délite, je ne pouvais plus regarder mes parents de la même façon après ça ! Oui, certainement que la littérature a foutu un sacré coup de canif dans cette espèce de paradis obligatoire et lisse…
L'année de mes dix-huit ans, donc, les choses étaient enfin claires : je ne voulais pas simplement quitter Naples, je voulais quitter ma famille, et ce pays, et ma langue aussi, quitter ce monde qui m'était si familier et trop connu. Pourquoi avais-je la France en tête ? Peut-être à cause des films de la Nouvelle Vague. Jean Seberg dans *À bout de souffle.* J'aurais rêvé d'être comme elle, quitte à devoir vendre le journal dans la rue ; il y aurait toujours un Belmondo pour venir me draguer ! Autant de clichés mais de si beaux clichés… Oui, j'aurais pu rêver du Brésil, de l'Amérique. Mais je me suis dit : Paris.
J'ai bien cherché comment m'y prendre. Je n'allais pas fuguer : je ne me sentais pas ce sens de l'aventure, je n'aurais pas su organiser mon évasion, j'étais si empotée… Il me fallait trouver quelque chose de plus rusé. Alors j'ai pensé à Simona, l'une des très bonnes amies de ma mère qui avait émigré en France et tenait une boutique d'antiquités sur l'île Saint-Louis. C'est la seule femme dans l'entourage

de mes parents qui m'intriguait. Parce que je la trouvais extraordinairement libre de parole, elle buvait du whisky, fumait des cigares... Elle fascinait ma mère, agaçait souverainement mon père. Elle revenait à Naples toujours seule (j'ai compris plus tard qu'elle collectionnait les femmes). Alors voilà : j'ai demandé à aller passer un mois d'été chez elle à Paris. Mes parents ont beaucoup parlementé. Ils ont accepté à contre-cœur, mais ils ont accepté. Et Simona m'a très gentiment accueillie. C'était une femme intuitive : elle avait dû pressentir qu'il y avait une dissidente encore à couvert parmi les sœurs Giordano... C'est triste à dire, mais j'ai passé l'été le plus exaltant de mon adolescence. Et je ne suis jamais rentrée.
Oui, c'est comme ça que les choses se sont faites. Simona a été d'un soutien incomparable, car tu imagines bien l'état de ton grand-père : absolument furieux ! Il a failli faire le déplacement pour me ramener par la peau du cou. J'ai tremblé parce que je l'en savais capable. Ça a été violent, très violent. Pendant un moment, je refusais de les prendre au téléphone. Je pleurais dans un coin du salon et je laissais Simona s'échiner à tenter de les convaincre. Elle promettait de veiller à mes études et de continuer à m'héberger : « Je l'ai à l'œil ! » À l'époque, je n'ai pas pensé une seconde à la peine que j'ai pu leur faire : j'entendais juste tout casser, briser purement et simplement tout ce qu'ils avaient rêvé à ma place. La gosse de riches, qui n'avait jamais manqué de rien, avait fini par s'asphyxier et cherchait urgemment à en réchapper. Dans ces cas-là, on ne fait pas de quartier... De guerre lasse, mon père a accepté de financer ma fac de littérature comparée. Et la vraie vie a alors commencé.

Je revenais les voir une fois par an (le premier été, je n'en menais pas large) : j'étais devenue étudiante, je n'étais pas fiancée (mes deux grandes sœurs étaient déjà mariées), je vivais dans la chambre de bonne que m'avait proposée Simona, toute simple avec de jolies tomettes rouges et, par une lucarne poussiéreuse, une vue sur tout Paris. J'étais définitivement devenue une étrangère chez moi, et la plus incompréhensible, la plus décevante des filles Giordano. Mes parents ont vite compris qu'ils n'avaient plus prise sur moi : élever la voix ou me jauger avec mépris n'y changerait rien. Je considérais mes sœurs comme d'anciennes camarades de classe que j'aurais perdues de vue. J'étais contente de les revoir, mais si indifférente au moment de les quitter. Et, à chaque rentrée de septembre, je retournais à mes études, à ces amis merveilleusement dingues avec lesquels je pouvais m'abandonner : ils n'avaient pas connu l'enfant modèle ; pour eux, j'étais l'Italienne joyeuse et toujours partante, j'étais libre de mon passé, de ce qu'on savait, pensait ou souhaitait de moi, pour moi. De son côté, Simona me laissait libre comme l'air, libre comme elle. Alors j'empoignais ces journées studieuses, ces nuits blanches, ces hommes que j'aimais aimer, je prenais garde à n'être fidèle à aucun, sinon à Hervé, lui oui, j'ai donné quelques années de ma vie à Hervé, une parenthèse affolante, je l'ai aimé si follement, mais les autres : ils passaient gracieusement et aussi vite que nos frasques dans Paris. Et puis, il y a eu ton père. Paul avait intégré HEC. Un fils de bourgeois, comme moi, qui tentait de concilier ses ambitions et son goût de la fête. On a commencé à sortir ensemble. Je veux dire : on a eu une histoire. On faisait la bringue entourés d'amis, de connaissances ou de cloportes qu'on ne reverrait

jamais. Paris n'avait plus de secrets pour nous, on n'arrivait plus à se coucher, de la rue de Lappe à la Bastille jusqu'aux terrasses des Abbesses, ça n'en finissait pas… Avec Paul, c'était une histoire plutôt légère, sans conséquence, nous le savions l'un comme l'autre, une liaison qui est vite devenue une amitié plus qu'autre chose, mais une amitié précieuse.
Un jour (je venais de prendre mon premier poste de libraire à la Contrescarpe), je lui ai dit que j'avais très envie d'un enfant. Pas nécessairement d'un homme. Mais d'un enfant. Alors je lui ai demandé s'il serait d'accord pour le concevoir avec moi, en ami, sans obligation pour lui de s'en occuper ou quoi. Je lui ai remis un papier signé, stipulant les termes de cet arrangement. Il a pris beaucoup de temps pour réfléchir.
Et il a dit oui.
C'était il y a dix-huit ans.

Voilà, tu la connais l'histoire.
Dans ses grandes lignes.
Je serai toujours prête à t'en dire davantage.

Je sais ce que tu penses : ta mère est un peu tarée. Mais c'est la tienne. Et tu n'en as qu'une.

Maman

P-S : Il s'appelle Paul Lartigue. Et il est sur Facebook.

J'arpente le couloir. Sa voix :

— Tu sors ?

Je pose un pied prudent dans le salon.

L'appréhension sur son visage.

— Je vais chez Micha. On se fait une soirée série.

— Et… tu ne me dis rien ?

— Comment ça ?

— À propos du mail que je t'ai envoyé…

Je hausse les épaules.

— Qu'est-ce que tu veux que je te dise ?

Pas de mauvaise grâce, Vince, *please.*

— OK. T'avais raison : tu m'avais déjà raconté l'histoire plein de fois, et je l'avais déjà oubliée plein de fois.

Micha vit Porte de Bagnolet. Son studio est situé au rez-de-chaussée d'un immeuble bas qui jouxte une HLM en construction et une école primaire.

Une odeur m'a saisi dès que je suis entré. J'ai aussitôt identifié, sur l'étroit bar américain, un melon un peu trop mûr dont j'ai imaginé la chair confite et piquante.

— Vas-y, mets-toi à l'aise.

— T'es provincial ?

— Je suis monté à Paris pour mon master.

— Tu viens d'où exactement ?

— Amiens.

Il a dû remarquer que je détaillais la pièce.

— J'espère que je trouverai vite un studio plus central. Et plus présentable.

Juste le strict nécessaire : un matelas à même le parquet flottant, une table, deux chaises (des meubles de récupération, je pense), un portant pour ses fringues, et des livres empilés comme des tours qui ne parvenaient pas à sauver l'atmosphère spartiate, les murs trop blancs, les ampoules halogènes trop blafardes. Mon regard s'est arrêté sur deux petites haltères posées près du portant. Je n'aurais pas imaginé Micha préoccupé par ses pectoraux et ses biceps…

— Je nous ai pris de la bière, a-t-il annoncé.

— Cool.

— Bon, l'écran de mon ordi est pas super grand, je te préviens…

— Pas de souci. Les toilettes, c'est là ?

Il a acquiescé. Où d'autre ?

Je suis allé pisser, j'ai tiré la chasse d'eau, et je me suis mis à éternuer, une fois, deux fois, trois fois.

— Ça va ? a lancé Micha de derrière la porte.

— T'inquiète ! Ça m'arrive souvent.

— Tu t'es jamais fait tester ? Tu dois avoir une allergie.

Je me suis mouché fort et j'ai ouvert la petite poubelle sous le lavabo pour y jeter mon Kleenex. C'est là que j'ai vu la seringue. À côté, gisait une ampoule en verre. Je me suis penché et je l'ai saisie du bout des doigts : « Androtardyl, 250 mg ».

Quand j'ai réintégré le studio, Micha était assis sur le matelas en train de régler l'inclinaison de l'écran. J'ai inspecté discrètement ses avant-bras : aucune trace. Je me suis installé à côté de lui, hésitant.

— Pardon mais… j'ai vu un truc que j'aurais peut-être pas dû voir.

Ses mains sont restées en suspens dans l'air.

— C'est quoi Andro… truc ?

Il s'est remis à peaufiner la position de l'écran.

— T'avais pas compris ? a-t-il interrogé, très calme.

— Compris quoi ?

— Ben, que je fais ma transition.

Il m'a souri, très naturellement.

— Je suis un mec trans, Vince.

J'ai ouvert de grands yeux.

— Ça te choque ?

Je me suis laissé tomber en arrière sur le matelas.

— Putain, j'ai cru que tu prenais de l'héro ou je sais pas quoi ! J'ai eu les jetons !

On a ri de concert.

— C'est de la testostérone, ducon. Je me fais des injections tous les mois.

Je me suis redressé, impressionné.

— Où ça ?

— En haut de la fesse.

— Et tu fais ça tout seul ?

— La première fois, c'est bizarre. T'oses pas y aller.

Il a mimé le geste de l'aiguille qui doit pénétrer d'un coup sec dans l'épiderme.

— On s'habitue.

— File-moi une bière, steup.

J'ai retiré mes baskets et je me suis assis en tailleur. Il m'a tendu une canette.

— T'as commencé quand ?

— Ça fait deux ans.

— C'était quoi ton prénom avant ?

— Tu sais… ça se fait pas trop de demander. Enfin, je pense que tu peux deviner tout seul.

Il a bu une gorgée de bière sans me quitter des yeux. J'ai réfléchi et j'ai fini par faire signe que je n'en n'avais aucune idée.

— Macha. Je suis pas allé chercher très loin. Mais j'aime bien l'idée que mon nouveau prénom soit proche de ce que j'ai été, et de ce que je suis toujours pour partie.

— Et quand tu te regardes dans le miroir maintenant, tu vois qui ?

— Quelqu'un que je commence enfin à reconnaître. Pas moi en mieux, mais moi en vrai. Je vois celui que j'attendais depuis très longtemps...

— Depuis quand ?

— Je me le suis formulé le jour où j'ai eu mes règles, je crois bien.

— Alors c'était ça ton trip sur la « vie d'avant » et la « vie d'après » ! Quand tu m'as dit ça, j'ai cru que tu parlais de ton ex.

Il s'est détourné de l'ordinateur et s'est assis face à moi, nonchalamment appuyé contre le mur.

— T'as pas totalement tort, je parlais aussi de mon ex. Il m'a largué trois jours après mon opération des seins.

J'ai fait une grimace compatissante.

— Autant mes parents ont fait beaucoup de chemin pour... à peu près accepter (c'est pas encore gagné). Autant lui n'a rien accepté du tout. La voix qui mue, les poils et la barbe qui poussent, les seins qui disparaissent... Non, il avait pas signé pour ça...

Bon, après j'imagine ce qu'il a dû ressentir : il n'avait plus du tout de place. La seule chose qui comptait à l'époque, c'était ma transition. Je me faisais passer avant tout. J'étais plus important que lui et moi…

— Ça te gêne pas que je te pose toutes ces questions ?

— Si. Mais j'ai confiance en toi. Et puis, il faut que je m'habitue à en parler un peu.

— T'as jamais douté ?

— Disons qu'au moment de la première piqûre, et puis à une heure d'aller au bloc opératoire, j'ai eu peur. Faut comprendre : t'as rêvé à une révolution et elle arrive. C'est toujours chelou d'être au pied du mur. Mais l'excitation a repris le dessus. Je me suis dit : mec, souviens-toi que, depuis le début de cette histoire, t'as juste pas le choix. Et ça m'a été confirmé le jour où on m'a retiré les pansements. J'ai maté mon torse et, malgré l'inflammation, j'ai pensé : c'est bien moi.

J'ai scruté les fines pattes-d'oie qui encadraient ses yeux si clairs (verts) et lui donnaient un regard souriant.

— Depuis quelques mois, je suis entré dans une phase assez euphorique. Quand tu vois plus d'hésitation dans le regard des gens et qu'ils te disent spontanément : « Bonjour, jeune homme. » Quand t'arrives enfin à faire changer ta carte d'identité (grand grand jour). Y a une espèce d'épaisseur d'angoisse avec laquelle tu vivais depuis toujours et qui se dissipe peu à peu… Comme si tu faisais la paix avec quelqu'un que t'as failli perdre ; le quelqu'un en question, c'est toi. Ouais, je suis bien content d'en être arrivé là. Parce que, au début de la transition, je t'explique pas comment on te regarde… Déjà que ça agresse les gens sur le fond. Mais quand, en plus, tu ressembles plus à rien… C'est pénible.

— Et tes potes ? Ils ont mieux réagi que ton ex ?

— La plupart de mes amis sont dans la même situation. Et puis, je vais souvent au centre LGBT de Beaubourg. Au final, j'ai pas beaucoup d'amis cisgenres[1].

— Mais… je peux quand même candidater ?

Il a rigolé.

— J'étudierai ton dossier !

— On se mate un épisode ? Je te rappelle qu'on était supposés passer une soirée-série-entre-pédés. Je peux toujours dire que t'es pédé ?

— Ça te déçoit si je te dis que je suis plutôt pan ? J'en ai rien à foutre de l'identité sexuelle et du genre.

— T'abuses ! Si je fais le compte : t'es un mec trans qui aime les mecs, donc t'es un gros pédé comme moi, mais t'aimes aussi les meufs, donc t'es un bâtard d'hétéro !

Il a acquiescé, tout sourire.

— Réfléchis bien : il manque une pédale cis dans ta vie, ai-je conclu.

Il m'a adressé un clin d'œil et a lancé le premier épisode.

---

1. Tu le sais peut-être : tu es « cisgenre » si tu te reconnais dans le genre qui t'a été assigné à la naissance ; « transgenre » si tu ne t'y reconnais pas.

Dans la rame déserte de la ligne 3. Pas beaucoup de réseau. Facebook turbine à mort. J'actionne la petite loupe en haut de l'écran et je tape : « Paul Lartigue ». Le temps de latence crée un suspens dont je me passerais bien. Quatre résultats finissent par s'afficher, dont cet habitant de l'Essonne, grisonnant. Je charge sa photo de profil et, pour la première fois, je vois le visage de mon père.

MILLE RAISONS DE DÉSESPÉRER #736

Ce matin, je me suis réveillé cafardeux, et je n'ai pas compris tout de suite pourquoi. J'ai repensé au long mail de ma mère. J'ai également redéroulé le fil de ma conversation avec Micha. Quelque chose dans tout ça me laissait super seul... Objectivement, on ne peut que se réjouir de voir des gens se battre pour être eux-mêmes. J'en sais quelque chose : imagine qu'on m'ait ordonné de ne plus aimer les garçons et de me conformer à la norme hétérosexuelle. Alors pourquoi ce putain de désarroi ? Tout simplement pour ça : de ma mère qui se voulait toujours plus libre jusqu'à Micha qui se donnait les moyens de devenir lui-même, je ne pouvais tirer aucun enseignement pour moi-même, rien qui puisse me faire avancer : moi, l'unique train que j'aurais voulu prendre s'appelait Octave et il m'avait écrasé en pleine voie.

MILLE RAISONS DE DÉSESPÉRER #737

Tu ne penses qu'à ta gueule.

Tu n'as que ta petite tragédie à la bouche.

Tu es incapable de te réjouir pour autrui.

C'est connu : tant qu'il y a la guerre en soi, les autres n'existent pas. Cette loi de la psychologie humaine est nulle.

Tu te dégoûtes toi-même.

C'est encore plus moche de ne pas s'aimer.

Si : tu t'aimais dans les bras d'Octave.

Putain, ce prénom t'insupporte : Octave.

C'est combien, à l'achat, le début de la fin ?

Tu veux acheter la paix.

Tu veux te payer ta putain de vie d'après.

Journée morne. C'est confirmé : Paris s'est vidé. À la librairie, plus aucune proie, pas l'ombre d'un surfer intello ou même d'un boutonneux tout joli à qui l'on souhaiterait que son traitement au Roaccutane finisse par agir. Juste la présence rassurante de mon nouvel ami, posté à son rayon BD. Et une menace. Obsédante. Peur qu'il ne débarque. Paul Lartigue.

— Tu peux venir avec moi dans la réserve deux secondes ? ai-je pressé ma mère en milieu d'après-midi.

Elle m'a suivi, sourcils froncés.

— Tu lui as dit quoi exactement ?

— À qui ?

— À mon géniteur.

— Vince, je sais que c'est le terme consacré mais tu pourrais peut-être employer un autre mot…

— Bon : Paul. Tu lui as dit quoi de moi ? Non, parce que si je décidais de le rencontrer un jour…

Elle était pendue à mes lèvres.

— Bien sûr qu'il faudrait faire connaissance et tout ça, mais… je voudrais pas avoir à tout reprendre depuis le début.

— C'est pourtant le principe quand on fait connaissance…

— Oui mais ça me soûlerait, par exemple, de devoir faire mon coming-out.

Elle a ri.

— Ne t'inquiète pas : il connaît ton histoire dans les grandes lignes. Mais est-ce que ça veut dire que tu souhaites que je… déclenche quelque chose… Un rendez-vous ou…

— Mais rien du tout, t'es malade !

Elle a fait une petite moue résolue.

— C'est comme tu veux.

— Oui, exactement : c'est comme je veux. Je prends mon temps.

Micha a passé la tête par l'embrasure de la porte.

— Pardon mais… y a un embouteillage à la caisse, là.

Je me suis projeté hors de la réserve, j'ai couru derrière le comptoir, j'ai saisi le premier bouquin qu'on me tendait, maté vaguement la couverture et me suis figé : *En cas d'amour* d'Anne Dufourmantelle. Il faut préciser que je venais de signer mon premier bandeau-critique le matin même[1]. J'ai alors levé les yeux et j'ai découvert le visage crispé de Lillian.

1. Dont le contenu ne sera pas révélé ici, ce serait trop la honte pour moi.

— Tu sors encore ? a déploré ma mère tandis qu'elle branchait l'alarme de la librairie.

— J'ai rendez-vous avec mon ancien bourreau, ai-je lancé depuis le trottoir.

— Qu'est-ce que tu racontes ?

Je lui ai expliqué que Lillian avait demandé à me voir. Dix-neuf heures chez Prune, un bar du canal.

— Et tu as dit oui ?!

Elle m'a observé, au comble de l'incompréhension.

— Vince, je te rappelle que ce garçon t'a valu des maux de ventre de la seconde jusqu'à la terminale, il t'a dit les choses les plus ignobles qui soient, tu lui as démonté la mâchoire, et maintenant tu irais prendre une bière avec lui ?!

J'étais nerveux. Réflexe acquis de longue date avec Lillian : la crampe à l'estomac chaque fois que je le croisais dans la cour du lycée ou dans un couloir, l'épée cinglante de son regard… J'ai beau avoir souvent cogné pour me défendre, l'empreinte de l'insulte ne s'efface jamais, elle est toujours à fleur de peau, prête à suinter de nouveau, même quand le danger n'est plus à craindre.

Il était déjà installé en terrasse, une terrasse typiquement parisienne : alignement de chaises coincées contre la devanture et à même le trottoir. Ça m'arrangeait que nous soyons côte à côte, et sans doute lui aussi : nous n'aurions pas à nous croiser du regard. Au moment de m'asseoir, j'ai vu ses doigts tapoter nerveusement le verre embué de son demi. C'est quoi ce truc qui est en train d'arriver ? me suis-je demandé. Ça ne ressemblait à rien, ma mère avait raison.

— C'est cool d'avoir accepté, a-t-il dit.

Sa voix était douce. C'était comme si je ne l'avais jamais entendue.

— Pas de souci.

— Ça se passe bien à la librairie ?

— Pourquoi tu voulais me voir ?

— T'inquiète, y en aura pas pour longtemps. En fait, je pense à toi depuis l'autre jour…

Je l'implorais silencieusement de se speeder parce que c'était vraiment trop bizarre comme situation.

— Vince, je regrette ce qui s'est passé entre nous. Et je regrette aussi tout ce qui ne s'est pas passé.

J'ai failli trembler de dégoût en entendant cette phrase. Tu voulais qu'il se passe quoi, sérieux ?

— Je suis pas teubé : ce qui est raté est raté. Ça ne se rattrape jamais. Mais j'avais besoin que tu saches. Pendant tout le lycée, j'ai envié Octave, j'ai envié

Rokia. J'en voulais à tous ceux qui t'approchaient. Je t'en voulais à toi aussi bien sûr.

Qui me parle, là ? J'appelle le 15 ou bien ?

— En fin de seconde, j'ai eu une histoire avec Quentin, l'un de mes cousins. Ça a duré un an et demi. Je le vivais pas très bien. Lui non plus. Mais chaque fois qu'on se retrouvait pour les vacances, ça recommençait, c'était plus fort que nous... Ça m'aurait fait du bien d'en parler à quelqu'un. Et je savais que c'était toi le mec à qui j'aurais pu en parler.

Je ne l'aurais jamais imaginé si avancé, bordel... Comme quoi, les intuitions ne savent décidément pas tout, sinon rien. Lillian luttant et sur le point de céder enfin à son désir, ça pourquoi pas. Mais Lillian entre les jambes de son cousin...

— Seulement je ne t'intéressais pas, a-t-il repris abruptement. Je ne t'ai jamais intéressé. J'ai bien essayé d'attirer ton attention. Mais j'étais transparent.

Aucun souvenir, mais aucun ! Pas une image de Lillian forçant mon amitié ou même la sensation qu'il l'espérait. Pour moi, il avait toujours été le mâle dominant et hostile.

— Je ne vais pas t'expliquer pourquoi je me suis comporté comme une merde. Comment j'en suis arrivé là. Tu connais tout ça par cœur. Je voulais juste te dire que je te vois comme un ami que je n'ai jamais eu, que je n'aurai jamais, et que je regrette.

Euh, Lillian, pourquoi tu mets toutes les négations à tes phrases aujourd'hui ?

— Stresse pas : je sais qu'on ne revient pas en arrière.

Sa voix ne tremblait pas. Il a bu une gorgée de bière.

— Il y a quand même quelque chose qui restera.

L'insulte restera, je te le confirme.

Il m'a regardé droit dans les yeux et, du doigt, il a désigné sa dent, cette fausse incisive qu'il me devait depuis que je lui avais pété la vraie. Ça, pour le coup, je ne l'oublierai pas : cette fameuse soirée chez Octave, Lillian qui me traite de tarlouze, le ton qui monte, mon poing qui part. Il ne lui était plus resté que ça : traiter de pédale celui à qui il aurait rêvé de raconter ses propres histoires de pédale…

— Ça, c'est toi, a-t-il marmonné en rigolant, un doigt toujours sur sa dent. On s'est loupés mais toi, tu ne m'as pas loupé.

— Tu le vois toujours ton cousin ?

Il m'a presque coupé :

— C'est trop tard, Vince. Trop tard pour tout ça. Je me débrouillerai très bien tout seul.

Il a terminé sa bière, a sorti quelques pièces qu'il a posées sur la table, puis il s'est levé, je n'avais même pas eu le temps de commander quoi que ce soit, et il s'est éloigné.

MILLE RAISONS D'ESPÉRER #1

Nous sommes le 14-Juillet, jour de la fête nationale qui commémore la prise de la Bastille par les Parisiens révoltés en 1789. Comme tu le sais, le siège de cette prison marque le début de la Révolution française qui conduira à l'avènement de la République[1].

Ma révolution à moi serait-elle en marche ? Ma propre prison aurait-elle été assiégée cette nuit ?

Je pénètre dans la forêt. Des bourrasques glaciales s'engouffrent entre les troncs et me fouettent le visage. Mes pas s'enfoncent dans le tapis de feuilles mortes et de débris imbibés. Impression de marcher dans le sable spongieux d'une marée basse. Je distingue quelques halos de lumière dans la cime des arbres mais aucun ne parvient jusqu'au sol. Légère brume. Ça pourrait être l'aube ou le crépuscule[2]. Octave se tient debout dans la clairière où

1. Je fais assez bien Wikipédia, non ?
2. Ou un clip de Mylène Farmer.

j'ai l'habitude de le trouver, toujours statufié. Je suis à vingt mètres de lui et quelque chose cloche. Est-ce la lumière, plus voilée ? Je me rapproche encore, il est de dos (les épaules un peu épaissies), j'ai un mauvais pressentiment. Et là, je tilte : il est en blouse de médecin. Je le contourne, découvre son visage et je suis pris d'effroi : il a genre... une quarantaine d'années. Je n'ai rien personnellement contre les personnes de quarante ans mais, comme dirait Micha, je n'avais pas « signé » pour ça. Je détaille les petites poches sous ses yeux, quelques taches rouges sur ses joues et l'arête de son nez. Il a un tout petit peu de ventre. Il porte une montre bien clinquante (je me dis : cadeau qu'il a reçu pour ses quarante ans). Impossible de le toucher et de l'effeuiller comme je l'ai toujours fait. C'est un homme, peut-être marié et père de famille. Son regard n'est plus opaque mais précis : il fixe quelque chose derrière moi au loin. Je finis par m'asseoir sur un tronc d'arbre, l'humidité pénètre le tissu de mon jean, mais je reste là, hagard. Octave a disparu. Enfin : *mon* Octave. Il est très loin dans le temps, dans une autre clairière que je ne retrouverai jamais. Je pleure et je me dis : cette fois, tu le pleures peut-être pour de bon. J'ajoute, toujours pour moi-même : c'est merveilleux. Et je me réveille en sursaut, suant, avec ce mot qui bourdonne : merveilleux. Ce n'est qu'un espoir, un vœu. Je me redresse dans mon lit et je tâte le drap chiffonné sous mes fesses... J'hallucine : je me suis pissé dessus.

Sept jours passent et on s'invente des jeux, avec Micha. Le dernier en date : écouler le plus d'exemplaires possible de notre livre préféré du moment. Micha a choisi *In Waves* d'AJ Dungo et j'ai bien sûr choisi *En cas d'amour*. Il a été décidé que le perdant paierait sa tournée à la fin de mon « stage ». J'ai toujours la même technique : je repère un client ou une cliente qui a l'air indécis, je m'approche, laisse passer une minute, histoire qu'il ou elle s'habitue à ma présence, puis je lance, tout sourire : « Vous voulez vous débarrasser de l'amour ? » Certains m'adressent un regard d'incompréhension, d'autres prennent un air amusé. Les plus cool tentent une repartie : « Me débarrasser de la plus belle chose au monde ? Jamais ! » Et moi, je dégaine le poche : « Justement, j'ai le livre qu'il vous faut. » Mon score au 21 juillet : 4 ventes contre 5 côté Micha. Rien n'est joué.

Sept jours passent et c'est aussi sept saisons de *Skins* que nous avons dévorées. Nous sommes tombés amoureux à l'unanimité du blondinet Maxxie qui joue des claquettes. Nous avons craqué sans trop nous l'avouer sur Tony, gros bâtard de pervers polymorphe manipulateur. Nous avons tremblé pour Cassie qui s'obstine à donner le change alors qu'elle est vraiment borderline. Stupeur devant le changement de casting à la saison 3, quelques épisodes pour nous acclimater, et puis apnée de nouveau jusqu'au sixième et dernier épisode de la saison 7 qui nous a laissés, comme on pouvait s'y attendre, orphelins et frustrés.

Sept jours passent et je ne sais toujours pas quoi faire de Paul Lartigue, alors je le demande comme ami sur Facebook.

Sept jours passent et les garçons sont toujours à l'océan. Ils boivent du rosé, crament au soleil, font l'amour et du surf, sans moi.

Sept jours passent et j'ai totalement déserté mon journal intime. Si je fais le compte, j'ai écrit 737 épisodes de « Mille raisons de désespérer » et seulement 1 de « Mille raisons d'espérer ».

Sept jours passent et je n'ai pas très envie de me retrouver seul avec ma mère dans un motel angoissant du Touquet. Je voudrais qu'on emmène Micha avec nous, ce qui est impossible puisqu'il doit assister Hélène à son retour. Kidnapping ?

Sept jours passent et les quelques textos de Rokia attestent qu'elle a enfin pécho. Et même couché. Je crois comprendre que la première fois a été nulle, la deuxième bof, et que la troisième promet une quatrième pas trop mal. #maisquiestcemec????

Sept jours passent et le temps dure longtemps.
La vie d'après tarde.
Mais je m'accroche.

Je ne dirais pas que je n'ai rien vu venir. Bien sûr qu'à partir d'un certain moment, j'ai *vu.* Mais c'est arrivé si vite. Un point de bascule d'environ trente secondes, et c'était déjà inéluctable.

Ce qui s'est passé, c'est qu'on était désormais tout le temps fourrés ensemble, Micha et moi : la journée à la librairie, deux soirs sur trois chez lui à dévorer des séries (*Queer as Folk* désormais), et bientôt les week-ends aussi.

Ce dimanche-là, il faisait une chaleur de bête, j'ai proposé d'aller au parc des Buttes-Chaumont. On a crapahuté dans les allées qui sillonnent les collines en quête d'un coin de pelouse à l'ombre. Et là, il me faut rectifier une erreur grossière : les garçons n'avaient pas tous déserté Paris ; en fait, ils pullulaient au parc. Mes yeux ont commencé à s'agiter dans tous les sens comme un gyrophare qui s'étourdit en hurlant. J'aurais aimé dénicher un endroit « avec vue » (sur cible), mais Micha cavalait, comme à son habitude, et les quelques jolis visages qui passaient disparaissaient aussi vite dans le sillage de son pas pressé. Au bout de vingt minutes suantes, Micha (qui savait très bien où il allait) a désigné une pente clairsemée et un arbre massif qui dessinait l'abri idéal. Spécimens exposés ? Un vieux à moitié à poil, cramoisi et peut-être déjà mort. Deux espèces d'oies, anglaises et gloussantes, robes légères, chapeaux de paille. Et trois ou quatre représentants de l'espèce insignifiants. Bon bien. Une sensation de relative fraîcheur flottait dans l'air, c'est vrai. Baskets et socquettes dégagées. Mollets enfouis dans l'herbe qui chatouille la peau.

— Tu lis quoi ?

Micha a brandi une couverture jaune : *Un appartement sur Uranus.*

— C'est qui Paul B. Preciado ?

— Un philosophe hyper brillant. Le truc dément, c'est qu'il a écrit les premiers chapitres en tant que Beatriz, il a continué pendant sa transition, et les derniers sont signés Paul.

Il a avisé mon livre à moi.

— Me dis pas que t'es encore sur…

— Je relis mes croix ! l'ai-je coupé. J'ai déjà l'impression d'avoir tout oublié, c'est frustrant…

Il est vrai que je n'avais toujours pas ouvert un nouveau livre. À l'image du Yourcenar pendant la crise de 2018, je m'accrochais à celui-là comme à un talisman.

Micha a plongé son regard dans la petite esplanade irradiée de lumière et il a soupiré.

— T'imagines le mois d'août que je vais devoir me taper quand tu seras parti ? Tout seul à Paris…

Tu ne dois de passer ta vie avec Micha en ce moment qu'à l'absence de ses potes, tous barrés aux quatre coins de la France : voilà ce que je me suis dit plutôt que d'entendre l'affection pudique qu'il venait de m'adresser.

— Pourquoi tu pars pas un peu ?

— Parce qu'on a très peu de vacances quand on commence un boulot. La première année, en tout cas.

Et c'est là…

… qu'il a retiré son tee-shirt.

Il s'est allongé, a saisi son Preciado et s'est mis à lire. Là, maintenant…

… les trente secondes où tout s'est joué.

Mon regard aimanté par son torse discrètement sculpté, la fine ligne de poils qui part de son nombril et glisse jusqu'au bouton de son short (dix secondes).

Clignement des yeux, que se passe-t-il ?

Ses pieds nus, chevilles croisées, jambes et duvet bruns (dix secondes).

Enfin, son visage concentré, mèches humides collées aux arcades sourcilières, l'iris si clair, moustache, ses lèvres (trente secondes, on y est).

Je m'écroule sur le côté, que se passe-t-il ? Puis, de nouveau, je me tourne vers lui, tel un animal en alerte.

— Un problème ?

Je fais non de la tête ; oui, un problème.

Je me penche dans sa direction.

Il faut lui demander.

Demande-lui.

— Micha, je voudrais t'embrasser.

Il ouvre de grands yeux.

— Tu déconnes ?

Arrière toute.

— Je déconne pas. J'ai envie de t'embrasser.

Il lâche un rire un peu stupéfait qui s'interrompt aussi vite. Il m'observe, semblant détailler mon visage comme je viens de détailler le sien. J'ai un putain de trac. Je le vois d'ici se levant et se cassant avec indifférence. Ça pourrait très bien arriver. Oui, bien sûr, l'amour n'est qu'une possibilité.

Il a ouvert la fenêtre de son studio et tiré le rideau blanc qui se gonfle par moments, puis reprend ses plis lentement.

Nous nous embrassons sur son lit depuis une demi-heure, emmêlés l'un à l'autre, à respirer et lécher nos odeurs, cou cheveux pli du bras.

Il dégage son visage et prend une grande inspiration comme l'on sort d'apnée, ça le fait rire.

— Pourquoi tu ris ?

Je sais très bien pourquoi, mais ce sont des choses qu'on demande dans ce genre de situation. En cas d'amour, on dit beaucoup de choses pour rien, les mots inutiles tentant de se substituer aux corps qui ne font jamais indéfiniment qu'un (salut Platon).

— Je ris pas. Je souris.

— Pourquoi ?

Il plante ses deux iris verts dans les miens.

— Parce que j'ai pas l'habitude ! Quand quelqu'un m'embrasse, il faut toujours prendre un temps, genre : « J'ai un truc à te dire » ou « Attends, ça va trop vite »... Tu prends ton courage à deux mains :

« Je suis trans, mec. » Et là, tu sais jamais comment ça va réagir en face.

— Mais moi, je sais tout. Y a rien à dire.

Micha a un air très sérieux, presque grave.

— T'es sûr de toi, Vince ?

Je colle mon bassin contre son ventre.

Je bande comme un fou.

— Selon toi, le doute est permis ?

Il me serre, il m'étouffe presque.

Est-ce que c'est lui ?

Le nouvel amour.

Après, il faut trouver un hymne. À toute histoire sa BO. Bien sûr, on pourrait faire l'amour une troisième fois, mais Micha branche son enceinte Bluetooth et propose que notre cantique à nous soit « The Bay » du groupe Metronomy. Je dis que je veux bien découvrir. On écoute, boucle enfiévrée, de nouveaux baisers par-dessus les autres, on se fait tout l'album. Question hymne, est-ce qu'on n'hésiterait pas un tout petit peu avec « Everything Goes My Way » ? Pfff, il est quatre heures du matin, alors je crois qu'il serait plus raisonnable que tu votes à notre place.

La séquence suivante, c'est deux imbéciles heureux qui chantent dans le métro le lendemain matin. Ils n'ont pas l'air si fatigué alors qu'ils ont dormi trois heures.

— *Because this isn't Paris*

— *And this isn't London*

— *And it's not Berlin*

— *And it's not Hong Kong*

— *Not Tokyo*

— *If you want to go*

— *I'll take you back one day*

— *It feels so good in the bay !*

Pour sauver Micha, tape 1.

Pour sauver Vince, tape 2.

La journée qui suit la première fois avec le nouvel amour, tu flottes, ébahi, d'une bonne volonté inhabituelle, les doigts pleins d'odeurs et de parfums que tu passes et repasses sous ton nez. Il est là, à quelques mètres de toi, échanges de regards qui disent une faim de crevard : se manger avec l'acharnement de la nuit dernière. Sitôt que la patronne a le dos tourné, tu te glisses dans la réserve, tu l'attends, et il vient, il t'embrasse comme s'il ne t'avait pas vu depuis six siècles. L'air de rien, vous ressortez l'un après l'autre et reprenez le cours d'une journée que vous espérez bientôt interrompue par un autre baiser. Ta mère te regarde avec un air bizarre. Les mères sentent ces choses-là. Elle n'est sans doute pas encore arrivée à l'évidence : le jeune libraire et le fils stagiaire. Elle y viendra, forcément. Pour l'instant, elle s'interroge et respire ces étranges particules dans l'air. Et puis, à un moment de désœuvrement, tu checkes machinalement ton portable. Tu as une notification Facebook : Paul Lartigue, ton père, vient d'accepter ta « demande d'amitié ». Tu l'avais complètement oublié, celui-là. Une seconde pastille rouge sur Messenger. C'est lui.

Bonjour Vince. Merci pour ce signe.
Je serais heureux de te rencontrer.
Je sais que vous partez en vacances début août, ta mère et toi. Que dirais-tu d'un dîner avant ton départ ?
Bien à toi.
Paul

On fait quoi maintenant ?

2

MARILYN

(AOÛT 2019)

Putain, ça la reprend. Juste le jour du départ. Tout ça parce que je me suis fait une mèche bleue.

— C'est la mort ?!

On venait juste de monter dans la voiture, je me suis mise à gueuler :

— Vraiment c'est la mort ?!

J'ai vu sa nuque se raidir et sa tête secouée de petits soubresauts. Mon père a marmonné de sa voix inoffensive :

— Calme-toi.

Une parole machinale, juste pour dire quelque chose avant qu'elle ne lui reproche de ne pas intervenir. Jimmy, à peine réveillé, a observé la mèche coupable avec l'air de ne rien penser. En fait, tout le monde s'en foutait de cette mèche, sauf elle. Trois heures de trajet sans desserrer les dents ni m'adresser la parole sur l'aire d'autoroute. Le pire, c'est que ça la rend malade de me faire la gueule, et ça n'a pas loupé, péage de Beuzeville :

— J'ai mes reflux…

L'acide qui lui remonte dans la gorge parce qu'elle s'en est encore prise à moi et qu'elle s'en veut. Mais elle me voudrait comment au juste ? Trait pour trait ? JE NE SUIS PAS TOI, OK ? Elle aime tellement nous savoir brunes toutes les deux, cheveux peau, *il arrive qu'on nous prenne pour des sœurs, ma fille et moi,* raconte-t-elle à ses collègues de Marionnaud, ça me débecte, comme de devoir toucher son linge dans la corbeille quand je suis de corvée de lessive. Redescends, Lily, redescends…

Au final, je sais bien ce qui va arriver : elle finira par céder, torturée par ses reflux et incapable de supporter plus longtemps de ne pas être en paix avec son reflet chéri (moi, donc). Elle me tendra la paume de la main en signe de paix, je me soumettrai à sa petite mise en scène et je toperai. En attendant, vas-y, continue à te raconter que :

— Tu ressembles à une plouc, Marilyn !

— M'appelle pas Marilyn !

— Je t'appelle Marilyn si je veux ! Jusqu'à preuve du contraire, c'est comme ça que tu t'appelles !

Mon frère, kamikaze candide :

— Maintenant elle s'appelle Lily.

— Jimmy, on t'a pas sonné !

Oui, je l'imagine déjà en train d'en remettre une couche, les yeux exorbités comme si elle venait de découvrir que je fais la pute, avant de finalement déclarer forfait. Mon père tentera encore de tempérer avec son génie de l'arbitrage :

— De toute façon, avec l'eau de mer, ça va partir. Franchement, je me demande si elle prend vraiment ses médicaments. On ne peut jamais être certain qu'elle ne va pas se transformer en dragon d'une minute à l'autre. Pitié, elle me fait pitié.

★

C'est une tradition pour alimenter le petit film intérieur de sa femme : plutôt que de filer directement à Villers-sur-Mer, papa passe par Deauville. Il emprunte la grande rue qui va jusqu'au casino. Alors elle dévore du regard les boutiques chic. Elle désigne du doigt le Marionnaud comme si l'enseigne familière la reliait d'une quelconque façon à ce monde si loin du nôtre. Sur la place Morny, elle dit :

— On fera le marché une fois quand même.

— Si c'est pour rien acheter et se faire du mal, rétorque papa.

— Juste pour le plaisir des yeux !

Il aura donc suffi de quelques devantures luxueuses, une Jaguar et des enfants en short Bonpoint pour la calmer. Après tout, pourquoi pas, je prends.

Et le spectacle n'est pas fini : hôtel Normandy avec sa myriade de petites fenêtres quadrillées de colombages verts, le Royal qui m'a toujours fait penser au film d'horreur *Shining*, et des dizaines de villas dont papa dit toujours qu'elles sont maintenant divisées en appartements :

— Plus personne ne pourrait entretenir des maisons pareilles.

Et ça rassure : les riches ont du mal avec leurs palais.

Vient alors le moment qui nous électrise, Jimmy et moi. Avant de prendre enfin la direction de Villers, papa fait un dernier crochet par Bénerville (tous les noms de patelin se terminent en « ville » ici ; enfin, tous sauf le nôtre), il se met à rouler au pas pour qu'on profite bien de la mer. On ouvre les fenêtres en grand, mon frère se précipite de mon côté et m'écrase contre la portière. On respire les embruns. Sable à perte de vue, baigneurs et parasols de toutes les couleurs, on voudrait déjà être à leur place, mais on n'est pas chez nous ici, et puis il va falloir commencer par installer notre bicoque, aller faire les courses chez Lidl, on ne pourra courir sur la plage qu'en fin de journée, et la vraie-vie-farniente ne débutera que demain.

La voiture grimpe la colline, passe Blonville et ses géraniums. Une longue ligne droite. Papa ralentit. Je contemple le carré de pelouse cramée et notre bunker au crépi lézardé. Ma poitrine chauffe agréablement. Une chaîne barre l'entrée. Jimmy descend de voiture et ouvre la voie. Papa se gare sur la dalle de béton qu'une mince ligne de mauvaises herbes traverse comme une colonie de fourmis.

— Ils auraient pu installer un portail depuis le temps.

Papa a toujours peur pour sa voiture. Il faut dire qu'il a dû faire un emprunt pour répondre aux exigences d'Uber.

Dix ans, donc, que nos parents louent la même maisonnette, tout juste fonctionnelle et sans charme, mais qu'importe puisqu'elle est posée juste devant la plage. Jimmy et moi, on n'échangerait pour rien au monde nos étés avec vue : les grains de sable essaiment jusqu'à la terrasse. Ce sera d'ailleurs l'une des images typiques du mois d'août : papa s'entêtant à balayer les lattes de bois disjointes (« La porte coulissante va encore se gripper sinon »).

Cette fois, nous y sommes.

Nous montons les trois marches qui mènent à la porte d'entrée, une bourrasque marine nous enveloppe, c'est si bon et il n'est plus du tout question de ma mèche bleue.

L'avantage avec les mères folles, c'est que ça fabrique des petits frères sur mesure. Jimmy est le garçon le plus cool que je connaisse. Il en serait presque terne et lisse à première vue. Maman nous en a tellement fait voir (jusqu'à fuguer dans les rues de Cergy certaines nuits) qu'il a développé une vigilance de petit animal toujours aux aguets et une bonne volonté à toute épreuve. D'habitude, je déteste les enfants et les jeunes ados, leur suprême égoïsme. Jimmy, lui, se fait toujours passer *après*, les crises de maman nous obligeant à prendre en charge pas mal de choses du quotidien. Rien d'étonnant, donc, à ce que les vacances commencent toujours de cette façon : les parents partent faire le premier plein au supermarché, nous laissant tout le nécessaire à récurer au milieu du séjour. À nous de désinfecter la maison de fond en comble. Maman ne fait confiance ni aux propriétaires ni aux locataires précédents. Il faut tout lessiver, jusqu'à l'intérieur du frigo, puis faire les lits. Jimmy frotte, il est méticuleux. Ainsi se passe le premier après-midi, penchés dans les vapeurs de javel, levant le nez de temps en temps pour contempler la plage à travers les vitres.

— Moi, je l'aime bien ta mèche, dit Jimmy avec cette voix adorable qui module dans tous les sens. J'aimerais bien en avoir une rouge, mais j'aurais peur qu'elle pète un câble…

— Je t'ai déjà dit : le prends jamais contre toi. Quand elle dévisse, tous les prétextes sont bons. Ça ou autre chose…

La chambre de nos parents donne sur la plage ; la nôtre sur la rue et une sorte de marécage. C'est devenu bizarre de dormir dans la même pièce que mon frère, surtout depuis qu'il a découvert l'usage de sa bite. L'an dernier, je lui ai expliqué que je n'avais pas à assister, même de loin, à ces séances. Il a eu super honte et il a pris l'habitude de disparaître des heures avec son portable aux toilettes.

J'entends nos parents qui viennent de rentrer et rangent les courses. Maman tend le nez et nous félicite pour « cette bonne odeur de frais » (moi, la javel me fait plutôt penser au vomi, mais passons). Elle décrète que nous pouvons enfiler nos maillots de bain.

— Mais juste un aller-retour, hein ! Il est déjà plus de six heures.

Elle paraît presque normale et, après avoir eu pitié, j'ai de la peine pour elle.

Nous courons chercher la mer qui s'est barrée au pied de l'horizon. Mon frère freine et s'attarde sur les bancs de coquillages échoués : il écoute les tellines et les couteaux qui se brisent sous ses talons. Je lui dis qu'il va finir par se faire mal.

— Je fais ma corne pour l'été !

C'est vrai qu'on vit pieds nus ici. À la fin des vacances, une semelle épaisse nous autorise à marcher sur les rochers comme des crabes.

Je suis la première à plonger. J'y vais en une fois tandis que Jimmy progresse étape par étape, genoux, cuisses, ventre…

— J'ai vu une méduse ! s'écrie-t-il entre affolement et excitation.

— Grosse comment ?

Je fais mine de me sentir concernée par le danger.

— Grosse comme celles qui piquent pas, se rassure-t-il tout seul.

On ressemble à deux chiens fous dans l'eau, comme si c'était la première fois (ça fait tout simplement un an). Puis on se rue sur nos serviettes et, tout enrubannés, on s'assied côte à côte. Les grelottements de l'un sont comme absorbés par le corps de l'autre. Nos yeux se perdent dans l'agitation sans fin de la mer. Je ne sais pas à quoi pense mon frère (je le soupçonne d'avoir le don de faire le vide en lui et je l'envie). Le soleil baisse, je suis au paradis et je donnerais beaucoup pour sentir contre mon épaule celle d'un garçon qui ne serait pas Jimmy et sur laquelle je pourrais poser mes lèvres. À quoi sert toute cette beauté s'il n'y a pas un garçon avec qui la partager ? Bon bien, me dis-je, résignée mais pas défaitiste : *pour l'instant* ce n'est que Jimmy.

Visage : quelques restes d'acné sur le front.
Épaules : un peu trop larges.
Seins : trop plate.
Taille : OK.
Hanches, cul : OK.
Cuisses, jambes : OK.

J'ouvre la lucarne de la salle de bains pour évacuer la buée. Je me supporte plutôt bien maintenant. Je pense que je serais capable de franchir le cap. Je veux dire : coucher. Même si j'ai super peur. Oublier (impossible) ce que Léa m'a raconté. Le mec devait être bourré. Il l'a pénétrée comme une brute. C'était à une soirée chez Kevin aux vacances de février. Les parents étaient absents. Ils sont entrés dans la première chambre qu'ils ont trouvée. Elle a eu beau lui demander de faire plus doucement, il n'écoutait rien et elle ne pouvait pas s'échapper. Jusque-là, il s'était montré cool, elle avait aimé l'embrasser. Et puis, tout s'est emballé. Le mec s'est transformé en quelqu'un d'autre. Elle a été super choquée par son regard de dingue. Brusquement, il n'était plus du tout tendre, mais obnubilé : il voulait la lui mettre, le plus rapidement possible, et se vider. Il répétait : « J'en peux plus. » Et elle implorait : « Arrête ! » Elle a eu super mal tout du long. Cauchemar intégral. Je ne peux pas m'empêcher de repenser à cette histoire. « T'as qu'à bien choisir le mec », prétend Léa, qui regrette tellement. « Je suis conne aussi. On avait tous bu. Je le connaissais à peine. » Pour moi, ce type a carrément abusé, point barre, mais Léa continue (même aujourd'hui) à s'en vouloir et à affirmer qu'elle a pris un putain de risque, comme minimisant la responsabilité du mec. Je lui ressors toujours la phrase d'Albert Camus : « Un homme, ça s'empêche. » Et s'il n'arrive pas à se maîtriser, qu'il aille vivre dans la jungle.

Mais comment tu fais pour choisir le mec bien ? Comment tu peux savoir l'effet que ça va lui faire et s'il ne va pas switcher en mode bête hystéro ? Le connaître, d'accord. Repérer s'il a picolé ou pas. Moi, je vois un autre critère : être amoureux. Je suis sûre que ça protège à mort si le garçon est amoureux : on ne peut quand même pas être violent ou abuser quand on est amoureux, si ? « T'as peur ? Eh ben, tu lui dis. » Léa croit que c'est toujours mieux de parler. Là-dessus, je suis d'accord. Elle veut surtout que son expérience serve à quelque chose. Elle n'est pas en rage. Juste triste. Ma meilleure amie est bizarre : je ne sais pas où elle trouve cette distance. Et elle ne veut surtout pas entendre parler de « viol » alors que pour moi, c'en est carrément un.

Au final, l'idéal serait de trouver le mec bien pendant les vacances. Autrement, je sais ce qui arrive au lycée quand ils commencent tous à se passer le mot (Léa l'a bien pris dans la gueule) : c'est « chaudasse », c'est « grosse tepu », c'est *no limit*. Pourquoi les mecs peuvent-ils faire ce qu'ils veulent tandis que les filles deviennent des salopes en un quart de seconde ?

★

Je trouve mon père posté à la fenêtre de la cuisine, surveillant son joyau.

— Tu vas quand même pas monter la garde pendant toutes les vacances ?

Maman enfourne un gratin de courgettes. Elle sait que Jimmy déteste ça, mais elle continue à en faire, avec la couche de gruyère bien cramé qui lui fout la gerbe.

— Pardon, murmure-t-elle.

Je fais un pas de côté, pensant qu'elle veut passer. Mais non : elle s'excuse pour ce matin, pour le trajet, pour sa crise.

— Pas grave, dis-je.

Je vais m'asseoir sur la terrasse. Le soleil va bientôt plonger dans l'eau, d'un coup, et sa couronne orangée se dissipera lentement. Ma mère se glisse à côté de moi avec un verre de pastis. Elle ne devrait pas boire, rapport à son traitement. Pas le courage de lui faire la morale.

Le silence m'indispose. Je sors mon portable et je scrolle vite fait les dernières publications sur Insta. Léa est bien arrivée à Hossegor. Là-bas aussi, la plage a l'air ouf. Elle a publié un selfie sur lequel elle fait cette petite moue *duckface* qu'elle croit appropriée. Léa passe souvent pour une pétasse. Ma meilleure amie est paradoxale.

— Tu ne peux pas t'empêcher d'être tout le temps sur ton écran, hein ! Tu pourrais regarder le coucher de soleil !

Papa et Jimmy nous rejoignent. Une main pose un bol de tomates cerises sur la table.

— Pourquoi on n'achèterait pas la maison ? interroge Jimmy.

Mon père lâche un gloussement.

— Parce qu'on n'a pas les sous, ducon.

Jimmy se retourne et examine notre bunker.

— Elle est même pas grande.

— Face mer, rappelle maman. Tu ne peux pas imaginer les prix. Et puis, ton père a raison : où est-ce qu'on trouverait l'argent ? Déjà qu'on a le loyer et le remboursement de la Talisman.

Elle lance un regard sceptique vers son mari. Elle a toujours trouvé que cette reconversion n'était pas une bonne idée. Et c'est vrai qu'Uber l'entube à mort. Mais papa n'en pouvait plus des chantiers. Son dos. Là, au moins, il est confortablement installé toute la journée.

— Peut-être que c'est vous qui rachèterez cette baraque, rêve-t-il. Avec vos sous. On sait jamais.

Jimmy m'envoie un sourire.

— Mais grave ! s'enthousiasme-t-il.

— Bon, on arrête de parler d'argent, décrète maman.

Et, brusquement, plus personne ne parle. Chez nous, l'argent monopolise une conversation sur trois. C'est encore plus vrai depuis les Gilets jaunes. Maintenant, papa écoute les informations le moins possible. D'une part, il ne fait plus confiance. D'autre part, il a de la peine. Un sentiment d'humiliation qui fait briller le coin de ses yeux. Je ne l'ai jamais vu pleurer, même pour l'enterrement de ses parents, mais la honte au fond de la gorge, ça peut lui foutre les larmes aux yeux. Et y a rien à dire. Juste le laisser espérer que ses deux enfants ne manqueront de rien plus tard et qu'ils auront même la possibilité de se payer une bicoque sur la plage à Villers-sur-Mer.

Pour ce premier jour de plage, on a installé notre campement juste devant la maison. Maman (humeur stable) a bien positionné sa chaise longue face au soleil. Papa s'est abrité sur la terrasse à l'ombre du parasol avec ses mots croisés. Les gens arrivent par petites grappes. Je suis certaine que nous avons tous les quatre, sans le dire, l'espoir d'être enviés par ces vacanciers qui remarquent en passant la situation exceptionnelle de notre cube blanc. « Quelle chance ils ont, ceux-là » : voilà ce qu'on aimerait leur inspirer, nous dont la vie en jette si peu.

Les jours suivants, j'entraînerai mon frère plus loin, en quête de « modèles » ; on sillonnera la plage, lui : regard vague, moi : traquant un corps à croquer (c'est comme ça qu'on dit en dessin). Pour l'instant, j'ai un cobaye docile et tout trouvé en la personne de Jimmy. Il est habitué, pas encore lassé de poser pour moi.

— Sur le dos ou sur le ventre ? demande-t-il.

— Sur le dos.

Il s'allonge, bras croisés, les écouteurs vissés dans les oreilles. Je l'arrange à ma façon, rejetant ses boucles en arrière pour découvrir son front. Je lui ferme les yeux d'une main qui l'effleure à peine, comme on le voit faire pour les morts dans les films. Je m'assieds en tailleur à un mètre de lui et je commence à le dessiner dans mon carnet.

— Il écoute encore sa musique trop fort, commente ma mère sans lever le nez de son *Femme actuelle.*

J'ai plus d'une centaine de versions de Jimmy. Il est ma victime idéale. J'adore son nez aquilin et ce menton qu'il ne faudrait surtout pas qualifier de « galoche » devant lui sous peine de le blesser. Ses lèvres sont très ourlées. Tout ça lui fait un profil qui me rappelle les dessins de Jean Cocteau.

J'ai presque terminé une première esquisse quand je vois fondre sur lui un ballon qui percute violemment sa cuisse et rebondit un peu plus loin. Jimmy pousse un cri et se redresse brutalement. Deux mecs d'une vingtaine d'années regardent dans notre direction et s'esclaffent. L'un d'eux, un rebeu sec et musclé, court vers nous et ramasse le ballon.

— Sérieux, vous pourriez vous excuser !

Le type me regarde comme si je lui parlais néerlandais tandis que mon frère se tient la cuisse, il a l'air de s'être pris une putain de claque et il n'ose rien dire. Le mec tend la paume de sa main pour toute excuse, mais son rire redouble.

— Connard !

— Marilyn ! intervient ma mère.

Ce prénom me vrille une énième fois les tympans. Je me penche vers Jimmy.

— Ça va ?

Il fait signe que oui. J'observe les deux types qui ont repris leur foot au milieu des vacanciers. Je déteste les garçons entre eux. Les garçons ne sont fréquentables qu'un par un. Autrement ils sont rattrapés par leur besoin de démonstration virile, il leur faut absolument se mesurer à quelqu'un, ils ne savent pas quoi faire de leurs pulsions, ce bouillon de testostérone m'exaspère, autant que les humeurs de ma mère. En fait, je ne crains rien de plus dans la vie que les revirements inexplicables, les montées non contrôlées, les virages pris trop vite : les dommages collatéraux y sont toujours plus ou moins injustes. Si ça se trouve, Jimmy a un comportement tout aussi con dans la cour du collège. Mais, quand même, ça m'étonnerait. Je redoute le jour où j'aurai un copain et où je serai obligée de supporter les soirées avec ses potes : de longues heures à ne plus le reconnaître, à avoir pitié de lui, tout ça pour qu'il redevienne le garçon que j'aime une fois sorti de là...

— Je vais me baigner, dit Jimmy.

On se met en route. On croise une famille dont les quatre membres sont alignés en brochette sur des foutas, parfaitement immobiles et silencieux. Le regard de mon frère s'attarde sur le corps d'une fille de son âge : larges lunettes de soleil rouges, maillot deux-pièces tout fin, une jambe repliée comme dans un faux geste de pudeur.

— Elle te plaît ?

Jimmy hausse les épaules et laisse échapper un sourire.

— Rassure-moi : tu l'as jamais fait ?

Il tourne un visage outré vers moi.

— C'est juste une question. Il se passe des choses tellement cheloues parfois.

— Comme quoi ?

On pénètre dans l'eau. Pour une fois, je me cale sur le rythme de mon frère.

— Ton pote Léo m'a raconté qu'une meuf de troisième suçait des mecs aux chiottes… Ils l'obligeaient ?

— Ils ont été exclus. Mais je vois pas le rapport avec moi.

— Ben, c'est juste pour dire que je serais pas si étonnée que t'aies déjà fait des trucs à treize ans.

— J'ai rien fait.

Il dit ça comme un aveu, avec une voix d'enfant.

— Et toi ?

Je secoue la tête.

— J'attends le bon. Je voudrais pas qu'il m'arrive la même chose qu'à Léa.

— Il lui est arrivé quoi ?

— Elle a couché avec un type et ça s'est pas bien passé. Elle a voulu arrêter mais il a continué.

Jimmy acquiesce dans le vide. Mon frère est à l'âge où ces choses sont à la fois de plus en plus proches et toujours un peu lointaines.

— T'as déjà embrassé une fille ?

Il fronce les sourcils.

— Pourquoi tu me poses toutes ces questions ?

Il plonge pour mieux m'échapper.

Oui : pourquoi ? Parce que, pendant ce temps-là, je ne pense pas à moi, et au moment où ça me tombera dessus, où il faudra y aller, le faire. Au fond, je ne sais pas si j'en ai tellement envie. Ou plutôt : j'ai peur de ne pas avoir envie le jour où… Peur d'avoir plus peur qu'envie. Ça me décevrait tellement de me retrouver pétrifiée. Je n'ai pas confiance et ça me soûle. En fait, on devrait pouvoir passer directement à la deuxième fois.

— Elle est trop bonne ! crie Jimmy. Et y a même pas de méduses !

Il m'observe. Je stagne, l'eau claque sur mes hanches et mon ventre.

— Tu penses à quoi ?

À tous les princes pas charmants qui peuplent cette plage. Et au fait que j'aimerais tellement voir les choses autrement.

19:54 4G

Instagram

lily265 ...

3 J'aime

lily265 Mon frère, ce héros #79

Le soir, je reste jusqu'à tard sur la terrasse, la nuque et les épaules tout juste éclairées par l'halogène du séjour. Je n'ai même pas vu ma mère monter, Jimmy doit s'occuper sur son portable là-haut et mon père somnole devant la télévision qui diffuse une reconstitution de la vie quotidienne à Pompéi avant l'explosion du Vésuve.

Emmitouflée dans l'étole bleu canard que j'ai héritée de ma grand-mère et que j'emporte partout, j'écoute le ressac lointain et invisible de la mer. Je lève le nez vers la voûte claire et étoilée. On ne verrait jamais ça à Cergy ; la nuit y est toujours laiteuse.

Ce sont des moments un peu dangereux. Je veux dire qu'il ne faudrait pas que je me mette dans les oreilles une musique instrumentale genre *sens-de-la-vie.* C'est comme ça que j'appelle les morceaux qui me foutent le cafard en dix secondes. Des trucs que le père de Léa (qui est pianiste professionnel) lui a fait découvrir : Craig Armstrong, par exemple, qui rend instantanément nostalgique. Nostalgique de quoi ? Dans mon cas, de ce que je n'ai pas encore vécu et que je ne vivrai peut-être jamais. C'est un peu mon obsession. Et nostalgique aussi de ce que je suis sur le point de perdre. J'ignore pourquoi je n'ai jamais été capable de profiter de ce que je vis. Toujours à distance de moi-même, je n'arrive pas à prendre ce qui m'arrive à bras-le-corps sans penser aussitôt que ça va m'échapper.

— Tu vas pas te coucher ?

Mon père s'assied à côté de moi. Il croise les mains sur ses genoux repliés devant lui. Moi, je remue mes pieds nus dans le sable froid.

— C'était aujourd'hui, murmure-t-il.

— Je sais.

L'anniversaire de la mort de son père.

— Tu penses à lui ?

Papa acquiesce.

— Et quand je vois cette plage, c'est plus fort que moi : je pense à la base…

L'île de loisirs de Cergy : c'est là qu'il a passé toute son enfance et nous, une grande partie de la nôtre. Grand-père y était vigile de nuit depuis l'ouverture, à la fin des années soixante-dix. Papa et ses frères y avaient leurs passe-droits. Tous leurs week-ends aux beaux jours ont été rythmés par le développement du centre : ça a commencé par l'aménagement de la plage au bord de l'étang, puis les frères ont vu arriver les terrains de tennis, les sports de voile, le téléski, le petit train… Quand on est nés, Jimmy et moi, c'était déjà devenu une sorte de parc d'attractions. Papa nous y emmenait aussi souvent que possible, il avait des tarifs avantageux. Maman, elle, ne venait jamais. Elle prétendait que ça grouillait et ça exaspérait papa qui rétorquait qu'on n'était pas non plus obligés d'aller là où tout le monde s'agglutinait, il y avait des dizaines d'hectares tranquilles au bord de l'eau (mais où la baignade est interdite, commentait-elle, intraitable). Elle restait donc seule à l'appartement et papa le prenait contre lui, contre son père, contre sa famille, contre son histoire. Pour Jimmy et moi, la base était un ravissement. Comme tous les enfants, on était capables d'oublier momentanément les disputes entre nos parents et on partait s'éclabousser au milieu des hordes de petits banlieusards. On faisait du pédalo, on explorait les étendues de forêt… On avait beau vivre dans un pavillon lambda et dans un quartier moche, on avait le plus beau jardin du monde. Des gens venaient même de Paris pour se baigner chez nous.

On a cessé d'y aller après la crise cardiaque de grand-père. Je n'y suis retournée qu'une seule fois, c'était l'année dernière, pour mes seize ans. J'étais avec Léa. On a pris le 45 (jamais je n'aurais osé demander à papa de nous y déposer). On a payé nos cinq euros réglementaires. J'ai proposé à Léa une balade en paddle. J'ai tout de suite senti que les deux mecs qui louaient les embarcations nous draguaient. Il y avait un Black timide et un grand frisé très blond qui riait pour n'importe quoi et m'a enfilé le gilet de sauvetage avec une application qui ne trompait pas. Léa et moi, on a pagayé jusqu'à la pyramide en se racontant des conneries, c'était tranquille et doux. À notre retour au ponton, le grand frisé a tout fait pour nous retenir. Il nous a demandé si on avait apprécié notre session. Puis il a dit que, si on avait envie, on pourrait les attendre à la fermeture. Ils comptaient aller sauter au pylône. Léa a dit oui avant même que je n'aie eu le temps de penser non. Évidemment, j'ai attendu avec elle. À la réflexion, je trouvais le grand frisé assez beau même s'il avait l'air relativement con. Il avait quelques années de plus que nous, ça m'impressionnait. Au pylône, il y avait bien huit mètres sous nos pieds. J'ai eu le vertige dès que je me suis mise à escalader. Le frisé m'a tendu la main et il ne l'a plus lâchée. Léa est restée sur la rive à nous regarder en faisant la gueule. Mon blond a compté jusqu'à trois et on a sauté. On est partis d'un même fou rire et, décidément, j'ai trouvé qu'on avait bien fait de rester avec eux. Ils nous avaient abordées comme deux relous mais ils étaient gentils ; ils chauffaient de la meuf par jeu, par joie de vivre. Ils ont proposé de nous déposer à l'arrêt de bus en voiture, puis le Black a demandé si on reviendrait. Il devait être vingt et une heures. C'est là que le nouveau vigile est arrivé. Un type bodybuildé, au visage fermé. Rien à voir avec grand-père. Le frisé et son collègue se sont fait massacrer. Le vigile a promis d'en référer à la direction. On s'est cassés vite fait. Au moment de leur dire au revoir, je me suis penchée à l'avant et j'ai senti la transpiration sur le tee-shirt du blond. Ça m'a étourdie, j'aurais voulu respirer cet effluve plus longtemps, mais Léa était déjà descendue de voiture, carrément énervée. J'apprendrais un peu plus tard de sa bouche que j'avais passé la soirée à tirer la couverture à moi, que je ne lui avais laissé aucune place. Et c'était sans doute vrai. Je n'avais rien à faire avec ce grand frisé, mais je venais d'avoir seize ans et mimer le début d'une histoire qui n'en serait jamais une m'avait plu. Bien sûr, je n'ai jamais parlé de tout ça à papa. Et surtout pas du nouveau vigile.

— Bonne nuit, ma chérie.

— *Good night.*

Papa dépose un baiser sur mon front.

Comme si souvent, nous venons de passer ensemble un moment totalement silencieux, chacun dans ses pensées, et pourtant c'était un moment plein.

Elle l'a eu, son marché. Et même plus tôt que prévu.

On a été obligés de monter en voiture à dix heures pile. Il a fallu arracher Jimmy à son lit, il s'est glissé sur la banquette arrière comme un mort vivant, les cheveux dans la gueule.

— Après onze heures, on ne peut plus se garer dans Deauville, s'est justifiée maman.

Elle avait mis la robe qu'elle ne destine d'habitude qu'aux dîners à la pizzeria, et c'est vrai qu'elle avait de l'allure. Juste un peu de blush et un rouge à lèvres rose pâle, légèrement pailleté (des produits de démonstration qu'on lui file régulièrement chez Marionnaud).

— Va au parking, a-t-elle conseillé en experte quand elle a vu papa découragé par l'affluence. En plus, la première heure est gratuite.

On l'a laissée parader deux pas devant nous sous la halle. On dévorait des yeux les étals, qu'il s'agisse de fruits, de légumes, de bijoux fantaisie, autant de choses qu'il n'était pas question de s'offrir.

Une fois qu'elle a eu fait son tour de marché, elle a insisté pour aller au Printemps. On a traversé la ville, croisé des grappes de vacanciers super bien sapés qui prenaient toute la largeur du trottoir pour discuter et s'esclaffer. Il fallait se faufiler, parfois marcher sur le bitume, pour devoir aussitôt se ranger entre deux voitures garées car des bagnoles venaient à se croiser dans la rue.

L'intérieur du Printemps ressemblait aux grands magasins du boulevard Haussmann à Paris : un palace au damier brillant avec l'odeur tout à fait particulière des parfumeries. Maman a insisté pour aller à l'étage des fringues et, au stand Kooples, elle a souhaité essayer deux tee-shirts qui n'étaient ni de son âge ni de rien du tout. Une vendeuse à la voix haut perchée l'a guidée dans le choix des tailles, puis lui a indiqué la cabine d'essayage. On était tous les trois comme des cons au milieu du passage à l'attendre qui ne ressortait pas. Au bout de plusieurs minutes, elle est réapparue de derrière le rideau. Elle a remercié la vendeuse et nous a fait signe qu'on mettait les voiles. Je l'ai regardée descendre le grand escalier, une main glissant nonchalamment sur la rambarde, toute fière. Suffit-il de le vouloir pour faire illusion ? Des années d'expérience chez Marionnaud lui avaient manifestement donné quelques clefs, ne serait-ce que cette assurance souveraine qui désamorçait le soupçon laissé par le sillage de sa robe jolie mais certainement pas à la hauteur de toutes les marques qui s'affichaient dans ce palais. On a réintégré la rue. C'est alors qu'elle s'est retournée vers nous et a brandi l'un des tee-shirts qu'elle venait d'essayer. On s'est immobilisés tous les trois.

— C'est pour toi, m'a-t-elle dit. Jimmy, on te trouvera un cadeau à toi aussi, t'inquiète pas.

Un tee-shirt noir avec marqué en gros et en blanc : THE KOOPLES PARIS. J'ai forcé un sourire, je me suis approchée d'elle et je l'ai embrassée sur la joue.

— Mais t'as fait comment ?! a lâché mon frère. Y avait pas d'antivol ?

Elle lui a fait un clin d'œil et s'est remise à galoper sur le trottoir en roulant du cul. Mon père et Jimmy se sont mis à rire, stupéfaits comme au premier jour par cette amoureuse des lignes jaunes qu'elle aime tant franchir, *toutes* les lignes jaunes : les plus réjouissantes comme les plus glauques. D'ailleurs, on ne l'a plus revue de l'après-midi. Selon papa, elle avait « un petit coup de *down* » et se reposait dans sa chambre : il ne fallait surtout pas la déranger.

Jimmy s'est mis à hurler comme un goret. Épaules en arrière, bras tendus comme sous l'effet d'une crise de tétanie, on aurait dit qu'il avait une lance invisible plantée au milieu du dos. J'ai nagé en direction du bord où il venait de s'écrouler à genoux, criant de plus en plus fort, une main tentant d'atteindre sa colonne vertébrale, juste au-dessus de sa taille.

— Il se passe quoi ?

Je ne sais pas pourquoi je lui ai demandé ça, je savais très bien ce qui se passait, mais ça nous vient spontanément dans ce genre de situation, ça voulait juste dire : je suis là.

— Elle était toute petite, j'ai pas pu l'éviter, putain, j'ai mal !

— Une méduse ?

Il a acquiescé, le visage grimaçant.

— Pisse-moi dessus ! a-t-il imploré.

— Hein ?!

Il s'est affaissé en avant, les coudes englués dans les vaguelettes.

— Je l'ai lu sur le Net : il faut pisser là où elle a piqué !

Il a désigné sur son dos une tache rose semée de petites boursouflures.

— Rince et frotte, gros ! a dit une autre voix à quelques mètres de là.

J'ai mis un peu de temps avant d'identifier qui parlait parce que la personne était à contre-jour. La silhouette (un mec) m'a écartée et s'est agenouillée.

— D'abord tu rinces bien.

Ce qu'il a fait en déversant de petites quantités d'eau de mer avec le creux de ses mains.

— Et puis, tu frottes avec du sable pour retirer les filaments urticants.

Il a pris une grosse poignée et s'est penché vers mon frère.

— Aie confiance, lui a-t-il dit. Je fais médecine.

Jimmy a murmuré oui, le visage crispé. C'est là que j'ai reconnu le rebeu de l'autre jour. Son pote stationnait au-dessus de lui, leur ballon sous le bras.

La main qui étale soigneusement le sable mouillé, puis qui masse sans brusquerie, longtemps, comme pour un peeling.

— Je te torture pas trop ? a demandé le rebeu.

— Ça va, a gémi mon frère.

— Elle t'a pas loupé, la salope, a fait remarquer l'autre mec, penché et concentré.

Et comme je le regardais d'un air suspect, il a cru bon d'ajouter :

— Je prépare médecine aussi.

J'ai approuvé comme une conne.

— Tu t'appelles comment ? a demandé le rebeu.

— Jimmy.

— Alors Jimmy, tu vas demander à ta grande sœur de te mettre une bonne couche de Biafine et tu vas voir que ça va passer tout seul.

Il a encore rincé le dos de mon frère pour évacuer le sable, puis il s'est relevé. Il m'a matée droit dans les yeux. Il n'avait plus son ricanement de l'autre jour mais un air un peu crâne. Oui, il était fier de son coup.

— Moi, c'est Amin. Lui, c'est Octave. Et toi ?

— Lily.

— Tu peux te relever, gros.

Jimmy s'est déplié comme un vieil oiseau mazouté.

— Merci…

— Ben, de rien.

Leur maillot de bain leur arrivait jusqu'aux genoux et on voyait bien qu'ils portaient un boxer en dessous. Je n'ai jamais compris le concept.

— Il fait super chaud cet été, a expliqué Amin. C'est pour ça qu'y en a beaucoup. Mais d'habitude, elles piquent pas trop. T'as pas eu de bol.

Jimmy a fait une moue dépitée, puis il s'est contorsionné en arrière.

— Ta sœur va te faire une photo.

Et il a adressé une tape amicale sur l'épaule de Jimmy.

— Salut ! a-t-il conclu.

L'autre mec nous a adressé un signe rapide de la main et ils se sont éloignés en trottant.

J'ai examiné le dos de mon frère.

— Ça fait encore très mal ?

— Ça fait… mal, a nuancé mon frère.

— Sur une échelle de 1 à 10 ?

Jimmy a haussé les épaules.

— 5…

— Alors tout va aller bien ! me suis-je exclamée.

Bizarrement, je me sentais toute joyeuse. Mais je n'avais pas tellement envie de savoir pourquoi.

Maman n'est pas sortie de sa chambre depuis deux jours. Elle refuse qu'on entre, Jimmy et moi. Papa lui monte un truc à grignoter midi et soir. Un médecin est passé. Papa assure que tout ne va pas si mal, qu'elle finira par revenir parmi nous très prochainement. Je refuse de m'inquiéter. Je me protège. Je ne sais pas comment Jimmy vit les choses. Après tout, il est habitué, lui aussi. On se contente d'aider notre père comme nous savons si bien le faire : courses, cuisine, vaisselle, lessive, la vie ordinaire, de Cergy à Villers ; rien de nouveau sous le soleil.

Et on s'emmerde. Ça, je ne m'y attendais vraiment pas. Rien à voir avec les humeurs obscures de maman : ici, c'est le paradis mais on s'emmerde. C'est la première année que je ressens ça. Pourquoi ? Jimmy n'en finit plus de s'isoler dans la fureur de ses oreillettes. S.Pri Noir, Ninho, Moha La Squale, j'entends la rumeur rauque de toutes ces voix qui rappent en boucle. Mon frère gît sur sa serviette, les yeux fermés, il se rend sourd, délibérément. Plus je le dessine, plus j'aime son visage : il n'est pas fini, on dirait un morphing qui s'est arrêté en cours de chargement. Avec ses traits exagérés, il ne ressemble pour le moment qu'à lui-même. Une fois encore, je l'envie. Moi, je suis banale. On dirait une Espagnole quelconque et je déteste l'idée d'être *quelconque*, orgueil assez pathétique quand on pense aux milliards d'êtres humains sur terre : en vertu de quoi voudrais-tu être unique, meuf ? Nous sommes tous enfermés en nous-mêmes et pas du tout uniques, voilà la vérité. Sauf mon frère qui a quelque chose d'un peu *extra-ordinaire* pour le moment. Et sans doute Marilyn Monroe aussi. Mais elle, je la hais. C'est de sa faute si je porte ce prénom auquel je ne ferai jamais honneur.

Alors, bien sûr, il y a les baignades, mais sans Jimmy qui craint dorénavant les méduses comme la peste et trempe, au mieux, ses chevilles dans l'eau quand j'insiste pour l'y traîner. Et puis, il y a : observer les gens. Mon vice préféré, heureusement que j'ai encore ça, prétexte à trouver des modèles pour mes croquis. Il y a tant à regarder. La joie de ceux qui ont la chance d'avoir leurs amis avec eux. Les couples dont on ne sait jamais vraiment s'ils s'aiment (mes parents s'aiment-ils encore ?). Les solitaires, comme ma petite siamoise dont j'ai fait deux portraits sans qu'elle s'en aperçoive. Je ne sais pas du tout pourquoi je l'appelle ma petite siamoise. Où se trouve son autre moitié, existe-t-elle seulement ? Elle est minuscule, frêle, les cheveux ras, cramée comme pas possible. Elle arrive à neuf heures (je la vois de la terrasse quand je prends mon petit déjeuner) et ne repart qu'à dix-neuf heures. Elle mange genre une tomate et trois abricots. Elle cuit au soleil tout en lisant. Elle est sans âge (plus vieille que jeune quand même). Je n'ai jamais vu ses yeux, dissimulés derrière des verres sombres. Qui est-elle, de quoi sa vie est-elle faite ? Sa présence est un peu irréelle, comme une figurante que mon imagination aurait engagée pour tromper mon ennui.

Bref, ça devait finir comme ça, c'était peut-être même inéluctable : le paradis ne servant pas à grand-chose en l'état, j'ai téléchargé Tinder sur mon portable.

★

Je l'ai téléchargé comme on arriverait à une fête où l'on sait très bien qu'on n'a rien à y foutre. Mais je l'ai fait quand même, l'espoir de rien, l'espoir d'un petit quelque chose en fin de compte. Si je m'y appelle bien Lily, si c'est bien moi sur la photo de profil, j'ai dû mentir et prétendre que j'étais majeure (j'ai une copine qui s'est fait bloquer jusqu'à ses dix-huit ans parce qu'elle avait naïvement renseigné sa vraie date de naissance). J'ai réglé la tranche d'âge recherchée (pas plus de vingt-cinq ans) et je me suis perdue dans la foule des visages.

Il y a ceux qui ne pensent pas nécessaire de préciser quoi que ce soit d'eux, leur petite gueule se suffisant à elle-même, croient-ils, même quand ils ressemblent à une tortilla.

Il y a ceux, innombrables, dont la description inspire des sentiments contrastés allant de l'embarras à la pitié :

Matt 23 Je suis un loup
Brandon 20 Passionné d'automobiles
Hugo 25 Activité favorite : les devinettes

Beaucoup ne veulent surtout pas de « prise de tête ». C'est quoi le concept ? Les filles engendreraient naturellement les embrouilles ?

Il y a les poètes pathétiques :

Alex 23 Je manie les mots et le mélo

Il y a les attendrissants :

Nikola 24 J'ai très peu servi
Yaël 21 Je suis pas ouf mignon, je sais

Il y a ceux qui parviennent un peu à t'étonner :

Jeremy 21 Prochain arrêt : tes funérailles
Tarik 22 Stop trying to make everyone happy,
you're not Tequila
Br 21 Vendeur de montgolfières

Il y a les prénoms trop bizarres, parfois charmants, parfois relous : Landers, Efkan, Beser.

Il y a les connards assumés :

Alex 21 Cherche bonne femelle

Et il y a bien sûr ceux qui font une *duckface* comme Léa sur ses selfies.

Il est 1 h 32 du matin.
Et bientôt 2 h 04.
Et bientôt 2 h 45.
Si tu regardais la réalité en face, meuf ? Tu ne crois pas du tout à la roue de la fortune. Rappelle-toi : cette soirée où tu t'es forcée à aller. Eh ben, casse-toi.

Ce matin, avant d'aller sur la plage à la recherche de ma petite siamoise, je me suis introduite dans la chambre des parents. Je n'espérais pas forcément réussir à faire parler maman, mais quand même : on ne peut pas rester insensible devant quelqu'un qui est si mal. Alors au moins embrasser son front, sans poser les questions qui me hantent et que je tente de chasser tous les jours : est-ce vraiment une maladie ? Est-ce aussi à cause de nous, de papa, de ton travail, de la vie qui t'a déçue, de l'impossibilité de faire machine arrière, de la faible chance que les choses changent un jour ?

Je suis entrée, j'ai tâtonné. Assez vite, mes yeux se sont faits à l'obscurité. Les rais de lumière qui filtraient à travers les vieux volets épuisés par les bourrasques m'aiguillaient.

Le lit était vide.

J'ai ouvert la fenêtre, puis les deux battants. Je me suis penchée vers la terrasse où papa noircissait un sudoku.

— Elle est sortie ! me suis-je réjouie.

Et je me suis précipitée au rez-de-chaussée.

Papa m'a lancé un regard sinistre. J'ai vu le stylo qu'il venait de lâcher rouler lentement sur la table. Je l'ai rattrapé au moment où il allait tomber.

— Elle est partie, a murmuré papa.

Je suis restée à le fixer, me répétant ces mots simples qui semblaient très abstraits curieusement.

— Je l'ai accompagnée au train avant-hier. Je ne savais pas comment vous le dire.

Je me suis écroulée sur une chaise. Une latte en plastique a claqué sous mon cul.

— Sérieux ?!

Il avait un air de très vieil enfant.

— Elle ne voulait pas rester. Elle voulait rentrer.

Je me suis mise à gueuler :

— Mais on va pas la laisser toute seule à l'appart', putain !

— Elle est chez papy et mamie.

J'ai respiré. Pour autant, mon cœur faisait n'importe quoi sous mon tee-shirt.

— Mais c'était quoi ces plateaux midi et soir, papa ?!

— Je voulais pas vous inquiéter...

— Vous êtes des grands malades, ai-je marmonné, totalement abasourdie.

Jimmy est arrivé avec son bol de chocolat, encore ensuqué de sommeil.

— Pourquoi vous faites cette tête ?

— Vous savez où me trouver, ai-je dit.

Et je me suis cassée à la plage.

Depuis qu'il sait, mon frère serre les dents mais je sens bien qu'il bout. S'il pouvait pousser un cri continu d'environ dix minutes, il serait un peu soulagé (depuis tout petit, Jimmy crie quand il n'en peut plus ; c'est rare mais quand ça arrive, on s'en souvient). Cet après-midi, je l'ai vu se redresser brutalement sur sa serviette, exactement comme lorsqu'il s'est pris le ballon sur la cuisse, et courir se jeter dans les vagues, malgré sa peur des méduses. J'ai rejoint le bord de l'eau et je l'ai regardé crawler rageusement. Au bout d'un quart d'heure, il est ressorti, à bout de souffle, et il est retourné sur sa serviette s'assommer d'infrabasses.

Comme moi, mon frère donnerait beaucoup pour se débarrasser de cette tonne d'incompréhension (qui est cette femme qui est notre mère ?), être encore capable d'indulgence, de patience, il voudrait continuer à croire aux « rien de grave », mais quelque chose le submerge, une exaspération découragée a pris le contrôle (parfois, je me dis qu'il leur fera payer, dans quelques années, et ça me fait peur).

Nous avons dîné tous les trois sur la terrasse sans trop nous parler et ça semblait donner la note : OK, donc ça va être comme ça jusqu'à la fin des vacances ?! Interdiction de *dire* l'aberration : nous ici, elle là-bas. Mais ils foutent quoi en vrai ces médecins, ces psys qui se relaient depuis plus de dix ans pour lui rendre la vie supportable sans y arriver et puis, qu'est-ce qui est *arrivé* d'ailleurs ? Est-ce qu'on est dégoûté de l'existence par nature, comme on naîtrait brun ou blond ? Est-ce que ça vient petit à petit, sans qu'on y fasse gaffe ? On voudrait comprendre, et que quelqu'un l'aide. Nous, nous sommes impuissants, tout juste bons à jouer les bonniches et ne pas laisser le quotidien devenir du grand n'importe quoi. Papa, je ne sais pas ce qu'il pourrait encore. Pas grand-chose, à mon avis.

Au moment de terminer la vaisselle, Jimmy a annoncé qu'il partait marcher, ça voulait dire : je veux être seul, et aussi : je vais marcher sinon je crie. Alors on l'a laissé. Papa s'est installé devant la télé, en mode : dictez-moi tout, je ne veux plus rien avoir à penser par moi-même. Moi, j'ai tout essuyé, puis je suis allée me poster sur la terrasse, suivant des yeux mon frère qui n'était déjà plus qu'un petit bâton au bout de la plage.

★

Quelle est la question ?

J'ai beau chercher, je retombe toujours sur le même problème insoluble et il concerne le bonheur de maman.

Quand elle dit à papa, dégoûtée : « Ah, tu fais pas rêver, hein ! » et qu'il répond : « Faut pas péter plus haut que son cul ! », cette image la blesse : « Ce que tu peux être vulgaire, je te jure ! » Il rappelle alors : « La maison de Villers, c'est notre max. » Et elle hausse les yeux au ciel, atterrée qu'il soit tout juste capable d'espérer mieux pour ses enfants mais jamais pour eux deux. Parfois, il met un peu d'eau dans son vin et il dit : « Tu te berces d'illusions. » Et question poésie, il est à son max pour le coup.

Comment vivre ensemble quand on ne voit pas la vie de la même façon ? Les enfants comptent les points. Le cours des choses donne toujours l'avantage au camp de papa. Dans ses phases maniaques, maman se raconte qu'il est encore possible de remporter la partie ; dans ses phases *down*, elle comprend qu'elle a perdu depuis plusieurs tours déjà.

J'en étais donc à ressasser mes grandes questions décourageantes, assise sur mon lit, dos au mur, portable inutilement posé sur la cuisse, quand je me suis aperçue qu'il faisait nuit noire et que Jimmy n'était toujours pas rentré.

★

— On en a assez d'une, putain !

Je marmonnais toute seule en arpentant le front de mer. C'était comme si on avait enlevé mon enfant. Oui, en l'absence de maman, c'était exactement ça. Enveloppée dans mon étole, j'ai pris la direction que j'avais vu Jimmy emprunter. J'ai pensé qu'il était peut-être allé au baraquement qui vend des beignets et des crêpes. Besoin de s'injecter du sucre dans le sang pour être capable de rester bouche cousue. Mais tout était fermé à cette heure. Au loin, on voyait les lumières du Havre dessiner une guirlande sur la mer. Quelques cargos portés par la ligne d'horizon jetaient eux aussi de faibles lueurs. Et puis il y avait ces petits signaux qui papillonnaient au milieu de la plage. Je m'en suis rapprochée. C'étaient des lampes torches de portable qu'on agitait dans tous les sens, comme des spots. J'ai commencé à percevoir une musique de rap qui grésillait dans ce que j'imaginais être une enceinte Bluetooth. Deux corps gesticulaient sur la rythmique : mon frère et Amin, chacun une bouteille de bière à la main. Pas loin, l'autre type – dont j'avais oublié le prénom – picolait, assis en tailleur, en suivant leurs mouvements saccadés. Il a tourné la tête vers moi :

— Les méduses, ça n'empêche pas de danser.

— Ni de boire, ai-je fait remarquer.

— Tu diras rien, hein ! a beuglé Jimmy.

— Tu veux une 16 ? a demandé le BG.

J'ai fait signe que non et je me suis assise à côté de lui tandis qu'Amin cherchait un nouveau morceau sur son portable.

— Tiens, tu connais ça, mec ?

Un chœur et un thème à la trompette, genre western, ont démarré. Une batterie électro et une voix de caïd s'y sont ajoutées.

— Necro ! a annoncé Amin. « Thugcore Cowboy » !

Ils se sont mis à tourner en rond comme des Indiens possédés, bras levés vers l'immensité noire.

— T'aimes bien ? m'a demandé le BG.

— Je me rappelle plus ton prénom, ai-je avoué.

— Octave.

— J'aime bien la musique en fond, mais pas trop l'ensemble.

— C'est le remix d'une vieille chanson. Tu veux entendre l'original ?

C'était bizarre comme proposition mais pourquoi pas, alors j'ai dit :

— Pourquoi pas.

Il a sorti des oreillettes, il m'en a filé une et il a cherché le morceau sur YouTube.

— Ça s'appelle…

Il a avisé l'écran et essayé de prendre un bon accent mais c'était calamiteux :

— « The Rope and the Colt ».

Il m'a fait signe de me lever et on s'est éloignés un peu de l'enceinte, reliés à la même laisse vissée à l'oreille. Il a mis le volume à fond. Le morceau était joliment ringard.

— T'es bonne en anglais ? a-t-il interrogé. Ça raconte quoi ?

— Remets au début.

J'ai tenté de déchiffrer l'essentiel. Heureusement, le chanteur avait un phrasé assez clair.

— C'est un type qui recherche l'homme qui a tué son pote. Et il veut le buter.

Tandis que le crooner chantait « My life depends on my gun », j'ai observé Octave qu'un quartier de lune éclairait. Pâle. Essaim de taches de rousseur sur l'arête du nez. Il ne cessait de tripoter une mèche de cheveux sur sa tempe. De temps en temps, il jetait un regard vers moi, comme pour vérifier je ne sais quoi. De ses yeux sombres, je ne pouvais rien voir, deux billes indéchiffrables. Et ce parfum dont j'ignorais si c'en était un ou si c'était son odeur à lui.

La chanson était terminée. J'ai rendu l'oreillette à Octave et on est retournés s'asseoir devant les deux autres qui continuaient à faire les toupies sur un morceau de S. Pri Noir.

— Tu veux une Tête brûlée ?

— Elles sont à quoi ?

— Pomme ou fraise.

— Je veux bien pomme. Merci.

— Je me les pèle, en vrai…

Il a désigné mon étole.

— Tu me fais une place ?

Il a saisi un bout du tissu, l'a déplié dans l'air et s'est glissé dessous à côté de moi. On s'est retrouvés épaule contre épaule.

— T'es encore au lycée ? a-t-il demandé.

— Je passe en terminale.

— Tu sais ce que tu veux faire après ?

— Les Beaux-Arts.

— Tu peins ?

— Je dessine. Et je voudrais me mettre à la gravure.

— Tu dessines quoi ?

— Des visages et des corps. Des natures mortes aussi.

J'ai espéré qu'il ne saurait pas ce que c'est.

— Et toi alors ? Médecine ?

— Ouais. Première année. Je me dirige vers la neurologie.

— C'est quoi exactement ?

— C'est aller tripatouiller dans ton cerveau.

— Ça va, on vous dérange pas trop ? a lâché Amin qui n'attendait manifestement pas de réponse.

— T'habites où ? a relancé Octave.

— Cergy. Et toi ?

— Montpellier.

— Et ici vous êtes où ?

— Dans l'appartement des parents d'Amin. La résidence juste derrière. Premières vacances sans adultes !

— Et c'est bien Montpellier ?

Je mettais des « et » au début de toutes mes phrases, signe d'une conversation sous assistance respiratoire (ou d'une meuf impressionnée).

— Montpellier, c'est un peu relou parce que mon père *est* relou. Mais sinon, c'est cool. Avant, je vivais avec ma mère sur Paris. Ça m'a soûlé.

— Et t'es parti comme ça ?

— Ouais, besoin de changer d'air.

— C'est courageux de tout quitter… Son quartier, ses potes…

Il a réfléchi, puis il a dit :

— C'est pas courageux, non. Et puis, les potes, on s'en fait d'autres. On se les gèle vraiment, en fait. On devrait rentrer.

— Déjà ?

Oui : ça m'avait échappé.

Octave s'est levé, j'ai récupéré mon bout d'étole et je me suis drapée dedans.

— On se croisera peut-être demain ? a-t-il dit.

— Ben, ouais. Tu sais où je suis.

— C'est la bicoque blanche ?

J'ai acquiescé.

— Elle est à vous ?

— Non, on loue tous les ans.

Octave a dit à Amin qu'il rentrait. Les deux garçons étaient tout à leur trip. Je l'ai regardé s'éloigner.

— Attends !

Je l'ai rattrapé.

— Tu rentres aussi finalement ?

J'ai fait oui.

Il m'a raccompagnée devant la maison et on ne s'est plus rien dit pendant qu'on marchait.

— Alors on se voit demain ?

— OK…

Il m'a adressé un petit signe de la main.

— Hé ! a-t-il dit de loin. Trop stylée ta mèche bleue !

La porte d'entrée qui claque et me réveille en sursaut. Je cherche mon portable dans le noir et vérifie l'heure : deux heures. Bordel en bas. Je me précipite dans le couloir et dévale l'escalier. Il se tient raide au milieu du séjour, comme statufié par la lumière du plafonnier. L'œil vitreux, silhouette légèrement penchée sur le côté, une enclume invisible semble peser sur ses épaules. J'ouvre la porte des toilettes et l'aide à s'agenouiller au-dessus de la cuvette. C'est la première fois que je vois mon frère bourré et c'est presque obscène : à quatre pattes, gerbant toute sa bière, un rire bête lui râclant la gorge entre deux jets drus. Je tire la chasse d'eau et le redresse énergiquement. Il rit encore. Je n'ai pas envie de l'engueuler. Il avance péniblement, appuyé contre le mur. Papa doit être réveillé (papa ne dort que deux ou trois heures par nuit). Je presse Jimmy qui stagne :

— Allez, bouge. Tu vas te faire fumer.

Il s'écroule sur son lit. Je défais ses lacets et lui retire ses baskets, ses chaussettes, son jean.

— Octave l'a fait exprès ! ricane-t-il.

— Exprès quoi ?

— De nous viser avec le ballon le premier jour.

— Qu'est-ce que tu racontes ?

— Il voulait se faire remarquer, articule-t-il, le profil enfoui dans l'oreiller. De toi !

Il a encore la force de marmonner :

— C'est Amin qui me l'a dit.

Et il s'endort.

Chez Kevin, je crois.
Non, je suis sûre.
Dans la chambre de ses parents.
Le mec me tient, poings serrés autour de mes poignets.
Il a relevé ma jupe et arraché ma culotte.
Il est jean aux genoux.
Je comprends qu'il va me pénétrer.
Je me débats.
Je le sens bander entre mes cuisses.
Il pèse, exprès, son bassin force.
Je cric.
Il est cent fois plus fort que moi.
Brusquement, le mec redresse le visage vers moi.
Je vois deux iris zébrés et fauves.
Je ne peux pas lui échapper.
Je sais que je rêve mais quand même : laissez-moi me réveiller.

Black-out : la soirée de Jimmy s'arrêtait à la deuxième bière tendue par Amin qu'il se rappelait avoir bue en quelques gorgées rapides. Puis, plus rien. Je lui ai fait un bref résumé, passant sous silence son déhanché décomplexé qui lui aurait certainement foutu la honte.

— Putain, mais c'est pas possible de tout oublier comme ça ! l'ai-je entendu gémir, l'avant-bras en travers du visage.

— Ça s'appelle une cuite, Jimmy.

— J'ai envie de gerber !

— Ça fait aussi partie du voyage. Reste au lit.

J'ai refermé les volets.

— Mais il va dire quoi, papa ?

— Rien du tout. Dors.

J'ai expliqué la situation à papa qui avait bien sûr tout entendu, tout compris et n'a strictement rien dit. Sinon ça :

— Ce soir, on appelle maman pendant l'apéro.

Bien sûr qu'on allait appeler maman, mais ça m'a fait de la peine quand même qu'il ait besoin de réunir ses deux enfants pour trouver le courage de parler à « maman » qui était aussi sa « femme »…

J'ai fait quelques pas sur la plage. Ça soufflait fort et des nuages épais ne cessaient d'occulter les rayons chauds. Saccades de frissons sur tout le corps, et cette vague angoisse pile au milieu du thorax, pourquoi ? C'est là que j'ai vu Octave me faire signe de loin. Les images de mon cauchemar ont ressurgi d'un coup. Machinalement, je lui ai fait signe aussi, mais je ne voulais pas aller vers eux. Je me suis mise à marcher en direction de Blonville. Oui, je me suis dit ça : « Je vais marcher pour une fois. » Et c'est ce que j'ai fait. J'ai repensé aux mots goguenards de mon frère : « Octave l'a fait exprès ! » Je n'ai pas cherché à reformuler la suite, je savais très bien quelle histoire ça racontait : celle d'un garçon qui a repéré une fille, et la suite me foutait les jetons.

J'ai marché sans me retourner. Jusqu'à ce que je perçoive des crissements de pas pressés derrière moi, et sa voix, un peu essoufflée :

— Je peux t'accompagner ?

La nature est bien faite : quand on veut disparaître, on finit toujours par y arriver. Octave me racontera juste après : je ralentis mon pas, je ne sais pas si la tête me tourne ou quoi, j'ignore par où ça me prend, toujours est-il que je vacille et m'écroule.

★

— Tu m'as fait flipper grave ! J'ai cru à un AVC !

T'es gentil, Octave, mais on a rarement un AVC à dix-sept ans. T'apprendras ça à la fac. C'est ce que j'aurais pu lui dire si j'avais eu tous mes esprits, mais je n'en étais vraiment pas là. Les yeux mi-clos, je tentais déjà de comprendre ce qui venait d'arriver : étalée sur le sable, la nuque posée sur les cuisses d'Octave, sa tête que je voyais à l'envers, et ses paumes enserrant mon visage, deux mains froides et inquiètes sur mes tempes.

— Tu m'entends ? Ça va aller ?

Je me suis redressée et il m'a aidée. Vertige, brusque et furtif.

— Te lève pas tout de suite.

— OK, doc.

J'ai recroquevillé mes genoux contre moi et j'ai fixé l'horizon, hébétée. Octave avait la tête penchée vers moi, attentif à ma respiration.

— Ça te fait vraiment rien de savoir que j'ai eu peur pour toi, hein ? a-t-il supposé comme un enfant de sept ans.

J'ai secoué la tête, puis je m'en suis voulu et j'ai posé une main sur son tibia que j'ai retirée aussitôt quand j'ai identifié les poils fins.

— Pardon.

— Pardon quoi ?

— Merci d'avoir été là.

— Tu trembles.

— Il fait tout le temps froid depuis que je t'ai rencontré.

J'ai lâché un rire nerveux.

— T'es cheloue comme fille…

— Je peux pas te contredire.

Il s'est approché encore un peu plus de mon profil (moi : regard toujours fixé sur l'horizon) :

— Franchement, t'as un problème avec les mecs ?

J'ai acquiescé. Décidément, tout m'échappait. Je n'avais plus aucun filtre.

— Non, non, j'aime bien les mecs.

— Ben, j'ai pas l'impression…

Il s'est mis à fouiller le sable mouillé d'un pied hasardeux. C'étaient de beaux pieds, plutôt petits, avec de jolis ongles bien coupés.

— Excuse-moi, Octave. C'est que… y a un truc qui doit me déranger. Ton regard qui a l'air de chercher une meuf à tout prix…

Il a ouvert de grands yeux.

— C'est abuser !

— OK, c'est moi alors…

J'ai soupiré.

— Tu dois penser que je suis tarée.

Il avait l'air gentil et totalement dépassé. Comment ajouter après ça : oublie, je viens de te confondre avec un ennemi sans visage qui n'est pas toi.

— T'as une meuf ? ai-je demandé.

— Non.

Vraiment, je raconte ça, mais je ne sais pas d'où ça me venait, ni comment ça sortait. Je n'étais pas dans mon état normal.

— T'es pas maquée non plus, j'imagine…

— Pas du tout envie !

Il a pris un air très sérieux.

— Lily, tu crois vraiment que les choses peuvent pas se passer simplement entre une meuf et un mec ?

— Je crois pas, non.

Il est resté le nez en l'air.

— T'as déjà eu une histoire sérieuse, toi ? ai-je encore interrogé.

Il a haussé les épaules.

— Ouais. Mais je crois qu'elle était plus amoureuse que moi… C'est pas pour être prétentieux, hein.

— Et t'as déjà été amoureux ?

Il n'a pas répondu.

— Tu sais pas ?

Il se mordillait les lèvres.

— C'est ça : je sais pas…

— Alors c'est que tu l'as jamais été, ai-je déclaré, péremptoire. Quand on est amoureux, on le sait.

— Donc si : j'ai déjà été amoureux, a-t-il finalement rectifié.

— C'était y a longtemps ?

— J'en ai jamais parlé à personne.

— T'inquiète, je comprends que t'aies pas envie de m'en parler. On se connaît pas. Tu sais ce qui me ferait du bien, là ?

— Qu'on se foute à l'eau !

J'ai souri. Alors on s'est mis à courir comme des malades et on s'est jetés dans les rouleaux.

Après, on s'est tous les deux écroulés sur le sable, à bout de souffle. Octave a lâché un rire qui l'a fait tousser. Il a repris son souffle.

— J'aime bien ta phrase de tout à l'heure.

— Laquelle… ?

— *Il fait tout le temps froid depuis que je t'ai rencontré.* Je sais pas trop ce que ça signifie, mais j'aime bien.

Moi, je savais.

Mais je me suis bien gardée de lui expliquer.

Il a dit :
— Tu me filerais ton 06 ?
Je lui ai donné. Et il m'a donné le sien.
Il a dit aussi :
— Je t'enverrai un texto ce soir. Je sais pas encore ce qu'on fait avec Amin.
J'ai dit :
— Sans problème.
Mais ça restait à vérifier.

Je l'ai cherché sur la plage après le déjeuner, mais je ne l'ai pas vu. Ni Amin d'ailleurs. Il allait m'envoyer un texto. C'est ce qu'il avait promis. Je me répétais ça en boucle. Ce qui voulait dire : tu as *envie* qu'il t'envoie un texto. Et même : tu as *très envie.* Alors quoi, il faisait froid ou il faisait chaud depuis que j'avais rencontré Octave ? Franchement, parfois, je voudrais me passer par la fenêtre en espérant que la chute me laisse vivante mais complètement changée. Je savais très bien ce qui était en train d'arriver et, comme d'habitude, j'étais traversée par tout et son contraire : l'envie d'embrasser Octave, de savoir quel goût il avait, et la peur, toujours, de quoi, de tout. Oui, cette fois, *je savais,* je pouvais voir les choses à 360 degrés, je n'étais plus cette fille aveugle. Je rêvais d'un baiser. Mais pour le reste : un putain de trac et de trouille mêlés. Quand je me mettais à y penser, j'avais le souffle court. Certainement comme Marilyn quand elle attendait un coup de téléphone du président Kennedy à l'époque où ils avaient leur liaison secrète, me suis-je dit, et c'est bien la première fois que je prononçais ce prénom en moi-même sans le détester.

Pour passer le temps, j'ai dessiné ma petite siamoise et je me suis fait griller. À un moment, elle a ôté ses lunettes rondes et elle m'a jeté un regard noir. J'ai changé d'endroit, un peu honteuse.

Jimmy a réussi à s'extirper du lit un peu avant vingt heures.

Maman a annulé le coup de fil qu'on avait prévu.

Papa a gardé un visage fermé pendant toute la soirée.

Octave ne m'a pas envoyé de texto.

Vous en entendez beaucoup parler, vous pouvez peut-être le situer, mais savez-vous vraiment à quoi il ressemble ? Aujourd'hui, nous nous intéressons au clitoris et nous répondons aux questions que vous vous posez avec la sexologue Bénédicte Perrin. Oreillettes calées dans les tympans. Jimmy endormi. J'ai cliqué sur le premier lien que m'a sorti Google : « Allô docteurs ». Un reportage commence par montrer une journaliste désignant un croquis à des passants en leur demandant s'ils savent de quoi il s'agit. *Un fruit ?* Un homme fronce les sourcils : *On dirait un pénis à l'envers.* Une mamie s'esclaffe : *J'ai quatre-vingt-huit ans, alors c'est derrière moi tout ça !* Retour en plateau : les présentateurs affichent sur un écran deux cuisses de femme écartées, ils désignent la vulve et le gland clitoridien au sommet puis, en coupe anatomique, le clitoris en entier, composé de deux arches latérales et de deux bulbes. *Jusqu'au XIXe siècle, on a pensé que le clitoris jouait un rôle dans la reproduction. Mais, dès qu'on a compris qu'il était uniquement dédié au plaisir féminin, il est devenu tabou.* La sexologue invitée commence à répondre aux questions des téléspectateurs. Où j'apprends que mon clitoris a plus de terminaisons nerveuses qu'un pénis (environ 8 000 contre 5 000), que la taille moyenne se situe entre cinq millimètres et un centimètre. Une certaine Mylène trouve le sien trop volumineux en état d'excitation et demande si une chirurgie plastique est possible. Bon, ce n'est pas tellement ce que je suis venue chercher. Plus intéressant peut-être : huit femmes sur dix jouissent par toucher du clitoris plutôt que par pénétration, *mon conseil est d'atteindre un premier orgasme avec des caresses puis, quand le clitoris est suffisamment gonflé, de passer à la pénétration.* Je note, docteur. S'ensuit un sujet sur l'éducation sexuelle au lycée. Je me souviens très bien d'un cours comme ça qu'on a eu en seconde. J'ai absolument tout oublié, une porte blindée en moi empêchait les informations de transiter. Les mecs ricanaient. Nous, on regardait nos pieds. Je ne me souviens que d'une information : les mecs se réveillent toujours en bandant, de façon totalement mécanique, à cause du « sommeil paradoxal » (dont je ne sais plus rien) et du taux élevé de testostérone le matin. Retour aux questions : Fiona a des orgasmes en rêvant et se demande si c'est normal. Là, c'est moi qui me demande si je suis normale parce que ça ne m'est jamais arrivé. Sans doute un sale coup de la porte blindée dans mon foutu cerveau. *Et on va finir avec cette question : y a-t-il une technique particulière pour caresser le clitoris de sa partenaire ?* Réponse : *Il n'y a pas vraiment de règle d'or. Je conseille de montrer ce qu'on aime à son partenaire. Et d'aller très doucement. Prendre son temps.*

OK, donc si je résume :

DOUCEMENT
UN PREMIER ORGASME PAR CARESSE
PÉNÉTRATION SEULEMENT APRÈS

Est-ce que j'enchaîne sur l'émission consacrée aux poils ? Je déconne. N'empêche : je n'aimerais pas qu'Octave se rase le pubis, je trouve ça nul cette haine du poil. Mais, en vrai, tu t'y vois déjà, meuf ? Disons que je rêve d'un Octave à la toison fine et claire, comme sur ses jambes. J'éteins et pose mon téléphone, Jimmy ronfle, je glisse une main dans ma culotte, je caresse doucement le petit bouton fragile dont je sais maintenant qu'il a deux arches et deux poumons puissants à l'intérieur de moi, je commence à mouiller, de petits spasmes de plaisir enflent, je pense aux jambes d'Octave, je pense aux pieds d'Octave, je n'ose pas imaginer plus haut, c'est doux, c'est bon, oui : ses pieds et ses jambes, c'est déjà très bien.

O

Octave

mar. 13 août à 14 h 22

Cc lily, tu fais quoi ce soir ?

T'avais disparu ?

Tu t'es inquiétée hein 😊!!!
On était un peu en mode ps...

Pas de regret alors ! Et vous jouez à quoi du haut de vos 14 ans ?

UFC3

J'ai peur. C'est quoi ?

Free fight

Je vous imagine trop bien avec vos manettes et vos bières en train de vous bastonner

Pas beau à voir...
Mais c'est du donnant-donnant

?

J'oblige amin à mater des films un peu prise de tête. Alors du coup j'accepte les journées ps

Genre quoi les films ?

Genre noir et blanc

Carrément ?

C'est mon vice

Tu lui as montré quoi par exemple ?

12 hommes en colère.
Tu connais ? Un pur chef d'œuvre avec un super suspense.
Bon et toiu ?

Toi*

Pas grand-chose. Plage et dessin.

Et donc tu fais quoi ce soir ?

No idea

Marilyn

Alors tu viens avec nous

Comment ça ?

On va a une teuf. Viens

Tu vas trop vite, garçon.
Où quoi comment ?

C'est chez un pote d'amin
à trouville. Genre baraque
qui donne sur la plage.
Y aura pas mal de monde
et tout

Alors de base je peux pas
laisser mon petit frère tout seul
comme un con. Et après, ça me
fout les jetons ton plan

Pourquoi ça te fout les jetons ?

J'ai toujours les jetons quand je connais pas. Je vais rester sur un canapé, l'enfer

Mais puisque je serai là ! Et puis moi non plus je connais personne

Je sais pas quel genre de mec t'es en soirée. Qu'est-ce qui me dit que tu vas pas me lâcher ?

Tu sais lily parfois faut faire un peu confiance sinon…

Sinon quoi ?

Sinon il se passe pas grand-chose dans la life
Alors ? C'est oui ?

En vrai t'as peur de te faire ièch ?

Arrête d'être comme ça. Ramène-toi avec ton frère à 21 h devant la baraque à gaufres

Mais vous y allez comment ?

En bagnole. Je conduis hyper bien. 21 h ?

Je demande à mes parents…

Ils vont dire oui je suis sûr

Tu les connais pas… surtout ma mère

Alors je vais prier très fort. À tte

— Pas avec des garçons que je connais pas, Lily !

— Mais putain tu crois que je fais quoi à Cergy ? Tu connais tous mes potes peut-être ? Tu contrôles chaque bagnole dans laquelle je monte ?

Mon père fixait ses mots croisés, inflexible. Il avait sa voix traînante mais têtue. Moi, je tourbillonnais sur la terrasse. Jimmy retenait son souffle.

— On rentre dans trois jours et on a enfin une occasion de s'éclater un peu !

— Rappelle-moi dans quel état s'est foutu ton frère l'autre soir ?

— Tu verras quand on passera plus les vacances avec vous ! Vous serez comme deux cons !

— La discussion est terminée, Marilyn.

Il ne s'énervait même pas, c'était exaspérant. Et son « Marilyn » parfaitement bien placé.

— Tu crains quoi en vrai ?

— Trouville, c'est pas la porte à côté. Vous allez tous boire. Tu veux finir encastrée dans un feu rouge ?

— On prendra un taxi au retour !

— Et avec quel argent ?

— Celui dont je fais jamais rien !

Il a levé les yeux vers moi. L'argument du taxi semblait le faire vaciller. J'ai vu au regard de mon frère qu'il y croyait de nouveau.

— Et comment je saurai, moi, si vous rentrez bien en taxi ?

— Tu dors jamais : je te fais un texto et tu vérifies par la fenêtre.

Il a fait claquer ses mâchoires deux fois, signal qu'il allait céder. Je me suis jetée à son cou et je l'ai serré trop fort.

— Ça va, ça va. Mais vous êtes rentrés à minuit max !

— Une heure, ai-je chuchoté à son oreille.

— Minuit !

— Une heure.

C'est ma cousine Suzanne qui m'a appris à faire ça. Comme moi, elle regrette mortellement de ne pas avoir de taches de rousseur. Alors c'est simple : tu mélanges une cuillerée du Nesquik de ton frère avec un peu d'eau, tu en mets sur ta brosse à dents et, par petites saccades, tu laisses s'éparpiller quelques éclats sur ton visage. Tu gommes avec un coton s'il y en a trop et hop, tu es une fille-avec-taches-de-rousseur. Ça demande un peu d'entraînement mais tu peux me faire confiance : ça tient toute la soirée.

On s'est calés à l'arrière de la Fiat. Ça sentait le neuf et la voiture de location. Octave a foncé dans Blonville. Il roulait trop vite, tenant le volant d'une main. Je me suis accrochée à la poignée de sécurité. En bas de la colline, Amin lui a fait signe de ralentir :

— Quand ils contrôlent, ils se mettent à l'arrêt de bus, là-bas…

— On va chez qui ? a demandé mon frère.

— Stanislas, un vieux pote. Nos pères bossaient ensemble chez Axa avant qu'on parte à Montpellier.

— Et il fait quoi, ton pote ? ai-je relancé.

— HEC.

Une lame discrète a commencé à me remonter dans la gorge, dissipant à vue d'œil mon excitation. Sensation si familière : celle de ne pas me sentir à ma place. Respire.

Octave a ralenti devant le casino étincelant de Deauville. Ça brillait, on aurait dit un décor de Disneyland.

— Oublie, a rigolé Jimmy. Tu transportes deux mineurs.

— C'est pour les bagnoles, a corrigé Octave.

Amin a attrapé l'avant-bras de son pote.

— Mec, mate la Jaguar ! s'est-il écrié d'une voix haut perchée. C'est une C-X75 ! Putain, je l'avais jamais vue en orange métallisé !

J'avais oublié ça : les garçons et les voitures… J'étais rassurée qu'Octave ne se montre pas émerveillé par ce bout de tôle clinquant. En revanche, Jimmy était collé à la vitre.

— C'est ouf !

Je lui ai envoyé une petite tape sur l'épaule : je déteste quand il se force pour faire comme les autres.

On a passé le pont qui conduisait à Trouville. Alignement d'anciennes maisons de pêcheurs, étroites et hautes, brasseries aux terrasses bondées, et le port.

Amin a indiqué le chemin à Octave. La voiture a serpenté dans des rues pentues. Il n'y avait de place nulle part.

— C'est relou Trouville pour ça ! a commenté Amin en connaisseur. Vas-y, fous-toi devant la grille, ses parents sont pas là de toute façon.

On a tout de suite perçu les éclats de voix et la musique qui tambourinait en fond. Jimmy m'a adressé un regard pas très rassuré.

C'était une grande maison à colombages plantée juste devant la plage. Jardin à l'avant ceinturé par des haies de thuyas : c'est par là qu'Amin nous a fait entrer. J'ai fixé Octave droit dans les yeux, genre : tu nous lâches pas.

Il y avait une vingtaine de filles et de garçons nonchalamment étalés sur des chaises longues ou sur la pelouse. Le teck de la table disparaissait sous les bouteilles d'alcool fort et les canettes. Un grand roux en chemise hawaïenne s'est jeté sur Amin et lui a fait un *hug* interminable en grimaçant une émotion disproportionnée. Amin nous a présentés. « Stan » donc.

— Vous êtes venus avec vos enfants ! a-t-il ricané en lorgnant vers Jimmy et moi. Allez, vous buvez quoi ?

Il faisait beaucoup plus que son âge et j'ai mis un certain temps avant de comprendre pourquoi : c'était cet accent bizarre, celui des hommes de son milieu certainement ; il s'était rêvé un personnage qui puait le contentement et la fausse décontraction.

Il nous a conduits jusqu'au « bar ». Il fallait slalomer entre les corps échoués, les dos et les épaules qui faisaient obstacle.

— Toi, je sais ce que tu prends, a dit Stanislas à Amin. Fred, tu peux me préparer un Cuba libre pour mon poto ?

— C'est quoi ? ai-je glissé à l'oreille d'Octave (il sentait si bon).

— Rhum-Coca.

— C'est quoi ? m'a demandé Jimmy à son tour.

— Rhum-Coca, ai-je expédié.

Et j'ai craint que toute la soirée ne ressemble à ça : moi qui m'accroche à Octave et Jimmy qui s'accroche à moi.

— Octave : Margarita, kir ? a suggéré Stanislas.

— Vas-y : Cuba libre aussi.

Il s'est tourné vers mon frère et moi, nous interrogeant du regard.

— Rien, a marmonné Jimmy comme un enfant puni.

— Une bière pour lui, ai-je tranché. Et pour moi aussi.

Octave nous a tendu deux 16. Puis il s'est mis à détailler les invités. J'ai fait comme lui, croisant le regard de poupées bronzées et rigolardes, de beaux gosses stylés qui affichaient le même genre de demi-sourire hautain que Stanislas.

— Ça va ? m'a gentiment demandé Octave qui me voyait un peu liquéfiée.

Je n'ai rien dit. Le silence est une réponse.

Amin s'était déjà fondu dans un groupe parcouru d'effusions hystériques.

— On visite ? nous a proposé Octave.

Et on l'a suivi dans le vaste séjour peuplé de meubles ultra modernes, tous gris ou blancs. Un canapé gigantesque faisait face à un écran plasma fixé au mur. Ici et là, des photos encadrées à la gloire du petit Stanislas dans son berceau, Stanislas en tenue de tennis, Stanislas ado…

Coincé sur une poutre en hauteur, un chat gris nous fixait, les yeux écarquillés.

— T'aimes bien ? m'a demandé Octave en contemplant la pièce.

J'ai fait non de la tête.

— Je suis d'accord. Hyper froid. Même si ça en jette.

— Justement. Ça crache. C'est hostile.

— T'y vas fort.

— Tu peux pas comprendre, ai-je conclu.

Mais Octave ne voulait pas conclure :

— Qu'est-ce que je peux pas comprendre ?

— C'est pas notre monde, a commenté Jimmy.

Le visage d'Amin est apparu derrière la baie vitrée. Il nous faisait signe de venir, tout excité. Octave et Jimmy se sont précipités et moi, je me suis assise sur un coin de canapé. Voilà : je l'avais prédit.

— Ben alors, faut pas rester toute seule !

La chemise hawaïenne est venue poser son cul à côté de moi. Il puait le déodorant cheap pour mecs.

— Tu connais pas grand monde, je comprends.

Je m'en tapais de sa compréhension de merde.

— T'es aussi sur Villers, Lily ?

Et je m'en tapais aussi qu'il m'appelle par mon prénom pour se la jouer mec respectueux.

— Non : sur les hauteurs de Bénerville.

— C'est un peu relou là-haut, non ? Faut la bagnole… Nous, on fait tout à pied. Maison de famille ?

J'ai acquiescé avec naturel en le fixant droit dans les yeux, ça m'a coûté.

— Amin m'avait jamais parlé de toi…

— Parce qu'on se connaît que depuis cet été.

Il a acquiescé dans le vide. Il me scannait.

— T'es au lycée, je suppose ?

— J'intègre les Beaux-Arts en septembre.

— Trop bien !

— Grave.

— Tu veux être… ben : artiste ?

Case sans doute mal classée dans son échelle de valeurs, mais qui avait l'air de l'attendrir : il faut bien des gens qui ne servent à rien pendant que les autres font marcher l'économie.

— Et tu pratiques genre… quoi ?

— Ma dernière recherche, c'est un travail autour des organes génitaux féminins.

Il a plissé les yeux, hésitant entre la stupéfaction et la sensation que je me payais sa gueule.

— Et tu trouves tes modèles où ?

— Je suis un très bon modèle.

J'avais réussi à le débecter.

— Je suis ni la première ni la dernière à être mon propre sujet d'étude.

— C'est barré, ton truc…

— Le nu, c'est super banal en art.

— D'accord…

J'ai aperçu Octave. Délivrance.

— J'ai soif, ai-je dit.

Stanislas continuait à me fixer.

— Bien sûr. Va te servir.

On aurait dit que sa bouche fonctionnait indépendamment de ses yeux braqués sur moi. Je me suis levée et j'ai quitté le séjour, soulagée.

★

— En vrai, tu le vénères, ton petit frère !

— Attends : il arrive, il connaît personne, il a pas du tout l'âge, on le laisse une demi-heure et on le retrouve trop à l'aise en train d'ambiancer la fille la plus jeune de la soirée ! Franchement, il est parfait ! Presque, je pourrais me dire que ça cache quelque chose.

Octave a rigolé.

— Il va quand même pas se la choper ? me suis-je demandé à voix haute.

— Arrête : cette meuf a au moins quatre ans de plus que lui !

— On s'assied ?

On était arrivés au bout de la promenade qui longeait la plage. On s'est foutus sur un banc.

— Qu'est-ce qu'on fait là ? ai-je souri.

— C'est le quart d'heure philo ? Je dirais plutôt : *pourquoi* on est là ?

— Pourquoi on est sur terre ? me suis-je marrée.

— Nan : pourquoi on est là, tous les deux, plutôt qu'avec les autres à la fête…

— Il y a une raison.

— Bien sûr.

— Ça te vient d'où la neurologie ?

Octave n'a pas répondu tout de suite, comme pour dire : je t'ai captée, tu fais exprès de changer de sujet.

— C'est depuis l'adolescence. Mon père est chirurgien. J'ai vu ma première opération à l'âge de douze ans.

— C'était quoi ?

— Une crise d'appendicite. Mais c'est pas très impressionnant. Ça se fait par célioscopie : on fait trois petits trous dans le ventre, deux pour les instruments, un pour la caméra et on suit tout sur un écran.

— Je vais vomir.

— Le cerveau, ça me fascine…

— Il paraît que nos neurones commencent à se détruire à partir de l'âge de vingt-cinq ans… C'est déprimant, non ?

— Oui, 10 000 par jour. Par contre, on a découvert des trucs dingues sur la plasticité : toute ta vie, ton cerveau peut créer de nouvelles connexions, des réseaux dans tous les sens. Ce qui veut dire qu'il est jamais trop tard pour rien.

— Pas compris…

— Ben on peut toujours apprendre, changer, y a pas de fatalité. Ils font quoi tes parents, toi ?

Octave était plutôt bon, lui aussi, dans l'art de bifurquer.

— Mon père est chauffeur. Et ma mère vendeuse chez Marionnaud.

— Rien à voir avec les Beaux-Arts donc.

— Non.

— Faut être bon pour intégrer cette école, j'imagine ?

— Oui. Mais je suis très bonne.

J'ai lâché un rire.

— Ça paraît prétentieux comme ça. Mais j'ai pas le choix.

— Comment ça ?

Je l'ai regardé droit dans les yeux ; enfin, ce que je pouvais en distinguer dans la pénombre.

— Dans mon milieu, t'as intérêt à avoir un dossier béton. Y a pas de tapis rouge. Pas de « mon père connaît Untel ou Unetelle ». Même mes frais de scolarité, je me les paierai avec un petit boulot.

— C'est cher ?

— 400 euros par an. Elle fait quoi ta mère ?

— Elle a monté une librairie avec sa meilleure amie.

— Classe. Et ça t'a jamais tenté ?

— Carrément pas.

On est restés silencieux un moment. C'est dingue comme sa présence était forte à côté de moi. Quelque chose irradiait. Et ce n'était pas dû qu'à son parfum.

— Lily, on n'a toujours pas répondu à *la* question du jour.

— C'était quoi déjà ?

— Qu'est-ce qu'on fait là ? a-t-il souri.

— Ben, c'est la fatalité. Qui, contrairement à ce que tu penses, existe.

— Alors il faut aller au bout.

— Je sais pas en quoi ça consiste.

— C'est ça, oui…

Il se penche vers moi et m'embrasse.

Ses lèvres vont et viennent sur les miennes, glissent. Son souffle me frôle, chaud. Puis sa bouche me happe, son haleine sucrée, Cuba libre, sa main enveloppe ma nuque. Il lâche un petit soupir, râle de plaisir. Nos langues se mêlent tandis que je caresse son profil, il a de toutes petites oreilles.

— Oh, Lily…

— Octave, je peux prendre ton odeur ?

— Pour en faire quoi ?

— Pour la garder.

— Si tu me gardes moi, tu l'auras.

— C'est pas encore assez.

— Tu pars quand ?

— Samedi. Et toi ?

— Pareil.

— Pourquoi tu penses à ça ?

— Je pense toujours à la fin des choses. Je suis conne.

— Pas exactement.

— Lily, on t'a déjà dit que t'as un petit goût de Nesquik ?

— On est où ?

— Ça doit être la chambre du petit frère…

— Je ferme à clef.

— Tu trembles encore ?

— J'ai un peu peur.

— T'inquiète, personne sait qu'on est là.

— Embrasse-moi. Très doucement. J'aime bien quand c'est très doucement. T'embrasses trop bien.

— Si tu parles tout le temps, je peux pas t'embrasser. T'as peur de quoi, Lily ?

— …

— Dis.

— Qu'on le fasse.

— L'amour ?

— Oui.

— Mais si t'as pas envie, on le fait pas. C'est simple, très simple.

— J'ai envie.

— Alors t'as peur de quoi ?

— Que ça recommence.

— Quoi ?

— C'était à une soirée pendant les vacances de février. Les parents de Kevin étaient pas là. Je connaissais à peine le mec. On a fait exactement ce qu'on vient de faire : on est entrés dans la première chambre qu'on a trouvée. J'ai eu beau lui demander d'être plus doux, il écoutait rien. Et moi, je pouvais pas m'échapper. Jusque-là, il avait été cool, j'avais aimé l'embrasser. Et puis, je sais pas… Ça s'est emballé. Il s'est mis à avoir un regard de dingue. Il était en boucle : « J'en peux plus, j'en peux plus. » Il voulait se vider, c'était atroce. Et moi, je suppliais : « Arrête ! » J'ai eu super mal tout du long. Ça m'a paru interminable. Alors voilà. J'ai peur. Tu comprends ?

— Mais moi, je suis Octave.

Il fait comme je lui ai demandé.
Je jouis deux fois.
Une fois avec ses doigts.
Une fois avec son sexe.

Je passe une main sur son ventre, je m'attarde vers son nombril. Il fait une jolie grimace parce que ça le chatouille. Je prends la bouloche entre deux doigts et la lui montre.

— Han, trop le seum ! s'écrie-t-il.

— C'est jamais que du tissu dans une petite grotte.

— Lily…

— Quoi ?

— Lily Lily Lily !

Alors voilà : tu viens de coucher avec un garçon formidable prénommé Octave. Personne ne s'est aperçu de votre absence, pas plus ton frère qu'Amin, occupés à une partie de Mölkky sur la plage. Le maître des lieux te suit des yeux, il a tout de suite remarqué qu'Octave te tient désormais par la main et t'embrasse dans le cou. Pendant toute cette fin de soirée, tu vis une idylle parfaite. Et puis, sur les coups de minuit et demi, tu informes ton prince charmant que ton carrosse va se transformer en citrouille dans pas longtemps. Tu appelles un taxi et convaincs Jimmy qu'il faut rentrer. La mort dans l'âme, tu déposes un baiser sur les lèvres du garçon formidable. Ton frère fait de grands yeux étonnés. Pas Amin pour qui, manifestement, tout était écrit. À présent, tu files dans une grosse BM aux vitres fumées. Ton petit frère somnole. Cette fois, Marilyn, c'est toi. Tu voudrais écrire un texto au garçon formidable qui te manque déjà, mais tout ce qui te vient te paraît stupide. Tu consultes cette note dans ton iPhone où tu consignes des citations que tu aimes bien. Il y a celle-ci de Victor Hugo :

Il faut s'aimer, et puis
Il faut se le dire, et puis
Il faut se l'écrire, et puis
Il faut se baiser sur la bouche,
Sur les yeux et ailleurs.

Mais est-ce qu'on envoie ça à un garçon formidable auquel on a goûté mais qu'on connaît à peine ? Ça pourrait l'effrayer, les garçons (même formidables) sont toujours plus ou moins sauvages dans le fond. Alors tu choisis de changer ton fusil d'épaule (ou plutôt : ton baiser de joue) et tu te mets à parler/écrire comme lui :

Envoyer.

O

Octave

mer. 14 août à 2 h 46

Les baisers premiers ne sont souvent pas les derniers

J – 3

C'est Jimmy qui a eu l'idée du Skype. On s'est réunis tous les trois sur la terrasse, tassés les uns contre les autres pour entrer dans l'image. À midi, on l'a vue apparaître, un peu floue, la connexion chez nos grands-parents n'était pas super bonne. Elle nous entendait, mais nous non. Déconnectée, reconnectée. Jimmy lui a indiqué où activer le micro. Ça a bien duré dix minutes comme ça, à la guider, elle ramait, on voyait mémé et pépé passer derrière, puis ils sont venus s'installer à côté d'elle. De pépé, on ne voyait que le front ; de mémé, la moitié du visage. J'ai supposé que maman était dans une phase *up*, sinon elle n'aurait pas accepté de nous parler.

Maman : Et là, vous m'entendez ?

Nous : Oui !

Jimmy : C'est bon, touche plus à rien !

Maman : Alors comment ça va ?

Papa *(la voix un peu étranglée)* : Ben, ça va. Et toi ?

Maman : On fait aller.

Mémé : Si, si, elle va très bien !

On voit à son crâne que pépé approuve.

Jimmy : Je me suis fait piquer par une méduse !

Quand il parle à sa mère, mon petit frère a six ans.

Maman : Aïe !

Moi : Il a été très courageux.

Mémé : Des méduses en Normandie ?!

Pépé *(à sa femme)* : Le réchauffement climatique.

Maman : Et toi, ma Lily ?

Je rêve : elle vient de m'appeler Lily.

Moi : Ben, j'ai rencontré un garçon formidable !

Mon père se tourne vers moi, les yeux écarquillés. Jimmy pouffe de rire.

Maman : Un garçon ? Mais non ? Raconte !

Moi : Il s'appelle Octave. Il entre en médecine.

Mémé : C'est bien les médecins !

Mon père m'observe, genre : c'était donc ça…

Maman : T'es amoureuse ?

Moi : Trop tôt pour le dire.

Jimmy *(à mon intention)* : Pourquoi tu racontes ça ?

Maman *(qui a entendu)* : Mais parce qu'elle est heureuse, Jimmy ! Tu verras quand ça t'arrivera ! Tu te protèges, Lily, hein ?

Moi : Oui, oui !

Mon père, qui appréhendait de parler à sa femme, se voit à présent totalement dépassé par sa fille.

Maman *(tout sourire)* : Tu penses que c'est ta mèche bleue qui l'a fait craquer ?

Mémé : Quelle mèche bleue ?

Papa : Elle a presque disparu avec l'eau de mer.

Moi : En vrai, il adore !

Pépé demande à sa femme de lui expliquer, il est largué.

Papa : Bon, et toi alors ?

Maman : J'ai eu mon rendez-vous. Il a changé mon dosage.

Décidément, c'est le Skype de toutes les audaces. La question des médocs est si taboue d'habitude…

Papa : Tu te sens bien alors ?

Mémé *(articulant)* : Elle est très bien !

Maman : Vous arrivez à vous débrouiller sans moi ?

Jimmy *(qui tend le cou vers l'objectif au cas où on ne le verrait pas en assez gros)* : Tu nous manques !

Maman fait une petite moue touchée. Et, comme pour elle-même :

Maman : Quand je pense que ma fille est amoureuse.

Moi : J'ai pas dit ça !

Jimmy : En tout cas, il est très stylé !

Maman : Ah, tu le connais ?

Papa : Jimmy s'est pris sa première cuite aussi.

Mon frère rentre la tête dans les épaules.

Maman : Hein ?! Jimmy, je suis pas d'accord, on ne boit pas d'alcool à ton âge !

Jimmy : Oh, c'était marrant…

Moi : Ouais, super drôle.

Maman : Tu as vomi et tout ?

Jimmy hausse les épaules. Mémé et pépé ne sourcillent pas. Ils en ont tellement vu et entendu depuis le temps.

Maman : Lily, il vit où ton amoureux ?

Moi : À Montpellier.

Elle fait une mine embêtée.

Moi : Mais sa mère est sur Paris, alors il revient de temps en temps…

Mémé : Moi, mon repas est prêt, hein.

Maman : On va déjeuner, les loulous.

Jimmy agite sa main pour dire au revoir et il disparaît aussitôt. Le visage de papa s'assombrit.

Maman : On se voit dans trois jours.

Papa : Je passerai te chercher.

Maman : Te casse pas. Je rentrerai en bus.

Papa : Puisque je te dis que je passerai.

Maman : Alors si tu veux.

Elle fait des baisers à l'objectif.

Maman : Bisous, mes amours !

J'envoie un bisou dans le creux de ma paume.

Moi : Et bisous aussi à mémé et pépé !

Mémé, pépé : Bisous, mes chéris !

Papa : On éteint comment ?

J'adresse un dernier sourire à ma mère et je clique sur la croix en haut à droite. Je me lève. Papa reste assis, le regard dans le vide.

— On mange quoi ?

Il se ressaisit.

— Ah… Je sais pas.

O

Octave

mer. 14 août à 12 h 14

Je te vois sur la terrasse avec ton père et ton frère. Vous êtes sur Skype ? J'ai envie de courir te rejoindre et de mettre ma langue dans ta bouche.

— Après la mère, la fille…

C'est ce qu'a bougonné papa après le déjeuner quand j'ai dit que je partais rejoindre Octave sur la plage. Il allait de soi que j'avais rendez-vous avec Octave, pas avec Octave *et* Amin (donc sans mon frère, par la même occasion). À J – 3, il était hors de question que je ne passe pas un maximum de temps avec le garçon formidable.

— T'étais pas comme ça quand t'as rencontré maman ? a demandé Jimmy. Tu devais bien avoir envie de la voir tout le temps ?

Mon frère, ce héros qui a compris depuis longtemps qu'on n'a pas le choix dans la vie : on doit fatalement se mettre à la place des autres, sonder leurs raisons, leurs désirs, et souvent les accepter même si ça fait chier.

— Tu sais ce qu'on va faire ? a-t-il lancé à papa tout excité. Tu vas m'emmener conduire !

Ça date de l'été dernier : papa a emmené Jimmy sur une route de forêt, près de Villerville, et il lui a filé le volant. Depuis, mon frère veut tout le temps conduire.

— Si ça te fait plaisir, a concédé papa.

— Et madame pourra faire ses cochonneries avec Octave !

— Jimmy ! ai-je gueulé.

— Ben, quand c'est maman qui en parle, tu fais pas ta choquée !

Je sais : j'ai dit et redit qu'il serait cool que mon frère gagne en insolence, on y était, mais je ne trouvais pas ça drôle finalement.

— Tu nous raconteras ?

— Tu arrêtes tout de suite !

— Han, mais je rigole ! En plus, ça me dégoûte carrément de t'imaginer en train de le faire avec Octave.

J'ai expédié la vaisselle et j'ai couru droit devant la maison, là où j'étais sûre que le garçon formidable m'attendait.

★

— Je dormais ?

— Oui.

— Il est où Amin ?

— Je sais pas. Vous êtes rentrés tard ?

— Allonge-toi à côté de moi, Lily.

— C'était bien ?

— Il est trop soûlant Stanislas…

— Je t'ai manqué ?

— Grave.

— Embrasse-moi. T'as le visage brûlant. Je voudrais dormir avec toi cette nuit. Je sais pas comment l'annoncer à mon père.

— Ben, annonce-le plutôt à ta mère.

— Elle s'est barrée, ma mère.

— Hein ?

— T'inquiète, elle est frappée, c'est pas récent.

— Ils se sont engueulés ?

— Je sais pas trop.

— Je me rappelle, juste avant la séparation de mes parents, j'étais terrorisé. C'est une des choses qui me fait le plus flipper : les gens qui hurlent. Ça part en deux secondes et tu te demandes si tu vas pas t'en prendre une juste parce que t'as eu le malheur de passer par là…

— Ils sont séparés depuis longtemps ?

— Ouais, pas mal. Mais c'est tellement mieux comme ça.

— T'es fils unique ?

— Oui.

— Embrasse-moi.

— Hé, tu pourrais m'embrasser toi aussi !

— Alors je t'embrasse.

— Ça te manque pas de pas avoir de frère ou de sœur ?

— …

— Tu sais pas ? J'adore quand tu sais pas.

— Si, si, je sais. En fait, avant, j'avais une sorte de frère…

— Un demi-frère ?

— Non, un ami. Le fils de la meilleure amie de ma mère.

— Ah, celle avec qui elle a monté la librairie ?

— Ouais. On a quasiment été élevés ensemble, lui et moi.

— Et pourquoi t'en parles au passé ?

— Parce qu'on s'est éloignés.

— Lui ou toi ?

— Les deux…

— Comment ça peut arriver quand on se connaît depuis si longtemps ?

— Je sais pas…

— Il s'appelle comment ?

— Vince.

— Et il fait quoi ?

— J'ai pas tellement envie de parler de lui, en fait…

— Ça te rend triste ?

— C'est vrai que tu t'appelles Marilyn et pas Lily ?

— C'est mon frère qui t'a dit ça ?

— Ça lui a échappé l'autre soir.

— Pour toi, je veux bien être Marilyn. Et toi, je t'appelle John, Kennedy ou Monsieur le Président ?

— Appelle-moi John.

— Je voudrais absolument dormir avec toi, John…

— T'as qu'à dire à ton père qu'on se reverra pas avant l'année prochaine.

— Tu déconnes ?!

— Ben, à moitié. Je viens pas si souvent sur Paris…

— Je voudrais connaître l'après…

— De quoi tu parles ?

— Quand on s'endort ensemble…

— Et quand l'un réveille l'autre sans faire exprès !

— Je suis jalouse de la fille avec qui t'as vécu ça !

— On a la vie devant nous, Marilyn.

— Tu es très philosophe, John. Y a deux chambres chez Amin ?

— Carrément. Dis, je crois que je préfère Lily en fin de compte.

— Et moi, Octave.

— Elle est pas avec nous, regarde-moi ça ! Elle est déjà partie !

J'ai lâché ma fourchette en soupirant.

— Papa, t'es relou.

— Et toi, t'es amoureuse ! a conclu mon frère.

— Si tu voyais ton air…

— On sait, papa : l'amour rend con.

— Tu vois, tu l'as dit ! a triomphé Jimmy.

Je ne les avais jamais vus aussi complices, tous les deux. Quand même, leurs vannes avaient un arrière-goût méprisant. Genre : tu devrais avoir un peu honte. C'est connu : les amoureux ne pensent qu'à eux, ils sont seuls au monde, orphelins, sourds et aveugles aux autres, la tête vide, les amoureux habitent dans une chanson idiote. J'ai eu hâte que ce dîner finisse, hâte de me casser chez Amin, hâte – pourquoi pas – de m'emmerder à regarder les deux garçons jouer à la PS, j'étais prête à tout du moment qu'Octave soit à moins d'un mètre de moi, puis à cinquante centimètres de moi, puis en moi.

★

Plutôt bizarre (et assez drôle) de faire l'amour en se retenant, le profil enfoncé dans l'oreiller, tout ça parce qu'un Amin dort dans la chambre à côté (quand est-ce que je pourrai crier librement tout ce que j'ai à crier ?). Et divin de me coller contre le dos d'Octave, son cul, ses chevilles, la plante de ses pieds, caresser sa petite oreille et l'entendre gémir dans un demi-sommeil.

Pourquoi cette splendeur devrait-elle finir ? Il y a si peu de choses qui marchent dans la vie, alors pourquoi septembre, pourquoi Cergy, pourquoi Montpellier ?

Je sais maintenant ce qui m'attend : l'attendre, lui. Je vois tout par avance : la terminale qui va me gaver, Léa qui va me soûler, les textos d'Octave qui me rappelleront que les mots ne sont pas grand-chose, les FaceTime qui me tortureront parce que je le verrai mais ne pourrai ni le toucher ni le sentir, les rêves de lui qui me le rendront et me l'arracheront au réveil : voilà mon destin. Comment une chose peut-elle être à la fois miraculeuse et catastrophique ?

Ce matin (Octave dormait encore), j'ai ouvert le portefeuille qui se trouvait sur la table de nuit. Je voulais voir sa carte d'identité. En fait, je voulais le voir plus jeune. Je trouve que c'est important de voir ceux qu'on aime quand ils étaient enfants, ados… Je n'ai pas trouvé. Par contre, je suis tombée sur un petit Photomaton d'Octave, la tête collée contre celle d'un autre garçon, genre brun, un peu italien, tous les deux grand sourire. Derrière, il y avait marqué au Bic : « Fuerteventura 2018 ». J'ai supposé que c'était son ancien meilleur ami, Vince, et qu'Octave devait être super triste de ne plus le voir pour avoir son portrait tout le temps avec lui. J'ai reposé le portefeuille. Quand je me suis retournée, Octave me fixait et je ne sais pas ce qu'il y avait dans ses yeux. Il m'a attirée vers lui et m'a serrée d'une drôle de façon. Au bout d'un moment, j'ai senti qu'il avait la fameuse érection du matin, j'ai glissé ma main dans son caleçon.

— Je peux te faire jouir ?

Il a dit oui.

Alors je l'ai fait.

J – 2

Octave veut bien que je le dessine.
Il dit que je le fais plus beau qu'il n'est.
Mais c'est comme ça que je le vois.

Tout passe beaucoup trop vite.
J'ai peur.

J – 1

— Tu vas où après ?

— Vers Florac dans les Cévennes avec mon père.

— Et après ?

— Après je viendrai à Paris. Et on se verra.

— Mais quand ?

— Ben, juste après.

— Je t'en prie : dis-moi quand.

3

VINCE & MARILYN

(FIN AOÛT-DÉBUT SEPTEMBRE 2019)

VINCE

— Mais une fois, c'est rien !

— Une fois, c'est pas rien du tout !

— On ne prétend pas connaître quelqu'un qu'on a vu une seule fois dans sa vie ! peste ma mère tandis qu'Hélène, penchée au-dessus de la caisse, fait comme si elle n'écoutait pas.

— Faudrait savoir : tu dis qu'il faut toujours se fier à sa première impression !

— Pas quand il s'agit de son *père*, Vince !

— *Géniteur.*

— Arrête avec ce mot affreux ! Tu dois apprendre à le connaître ! Et puis, c'est quoi un samedi soir de temps en temps ? Je dois te rappeler ton débrief en rentrant du premier dîner ? « Il est cool ».

— Mais j'ai pas signé pour le voir toutes les semaines !

— Ce n'est pas une raison pour ne pas répondre à ses textos ! C'est comme ça que je t'ai élevé ?

— J'allais le faire !

— Tu mens. Et très mal.

— De toute façon, ce soir, c'est mort : je vais à l'anniversaire de Micha.

— Micha, Micha : mais c'est quoi cette nouvelle priorité absolue ?

— Ben, c'est juste mon mec.

Ma mère se fige. On dirait une scène de film au ralenti : son crâne pivote lentement et ses yeux, d'une mince fente de colère, passent en mode sidération. OK : c'est vrai que j'aurais déjà dû lui avoir annoncé…

Hélène s'éloigne discrètement vers la réserve.

— Ton… mec ?!

— Tu vas faire cette tête chaque fois que je t'annoncerai avec qui je couche ?

Sa paume s'abat sur une pile de livres et sa mâchoire inférieure s'affaisse en un :

— Alors là ! Octave, c'était déjà un must ! Maintenant… Micha !

Elle se précipite vers moi, une furie, je fais deux pas en arrière et je me prends la table des nouveautés dans le cul.

— Pourquoi lui ? POURQUOI ? Il n'y a pas assez de garçons sur terre, bordel ?

— Je ne vois pas où est le problème.

— Si tu m'annonces ça un 20 août après trois semaines de vacances ensemble, c'est que tu sais très bien où est le problème !

Elle se met à chuchoter en criant (ou à crier en chuchotant) :

— Mon EMPLOYÉ, quoi !

— Ben, tu devrais être contente : je t'apporte la preuve que ton EMPLOYÉ est un mec super !

Bras croisés, elle prend un air pénétré. Son regard tente de me transpercer.

— Tu es amoureux ?

Je laisse passer quelques secondes. Quitte à se faire une séquence solennelle et hystérique, autant sortir l'artillerie lourde. C'est le moment que choisit Hélène pour réapparaître.

— Je suis amoureux de Micha, maman.

Les doigts de ma mère tambourinent contre ses coudes. Elle est désarmée. Comment pourrait-on massacrer quelqu'un qui vient de dire : « Je suis amoureux de Micha, maman » ? Imparable.

— Tu pourrais te réjouir pour moi…

— J'espère surtout que tu sauras agir en responsabilité.

Ça va, quoi ! On ne vient pas de me confier la direction d'un ministère que je sache !

Je lui fais le coup de la transition de Micha tout de suite ou on en garde pour une prochaine séquence ? Allez, *next time* !

★

Tout ça à cause de Paul Lartigue. C'est vrai qu'il est plutôt cool. Mais tellement chiant. Pardon : ennuyeux.

J'ai dîné avec lui la veille de notre départ au Touquet. Il a choisi un restaurant étoilé avenue Parmentier. Du début à la fin, j'ai senti qu'il voulait bien faire et c'était plutôt touchant. Grisonnant, donc, golfes dégarnis et un début de bide. Je me suis demandé comment j'allais réussir à le tutoyer. Au final, j'ai évité toutes les phrases comportant un risque de pronom.

Imagine la scène : tu pénètres dans un lieu chic, tu regrettes aussitôt ton tee-shirt trop large (+ tache de burger sur le col dont tu ne t'apercevras qu'en allant faire une pause aux chiottes), tu scannes la pièce vite fait, tu le situes immédiatement, il a mis un polo Lacoste rose, genre : top de la décontraction pour son âge, il te fait un geste de loin, on se serre la main, on s'embrasse, on fait quoi ? Ben, on ne fait rien de tout ça, on se sourit, un peu gênés, et te voilà installé en face d'un inconnu qui est ton père.

Il est nerveux, toi aussi, sa main tremble légèrement quand il te tend la carte.

— Choisis ce qui te fait plaisir, Vince.

Tu n'oses pas parler. Tu relis dix fois la même ligne, incapable de te concentrer. « Duxelles de ris de veau aux cèpes », « Duxelles de ris de veau aux cèpes »…

— Je crois que je vais prendre le « Duxelles de ris de veau aux cèpes ».

— Très bon choix.

Paul Lartigue ne sait pas par où commencer. On dirait qu'il s'apprête à tirer au sort un sujet dans sa tête : Sorbonne, petit ami, Le Touquet, tee-shirt taché ?

— Bravo pour ton bac, au fait !

Et c'est parti pour un dîner lunaire, interminable et plein de blancs[1] :

— Tu as pris quel sujet à l'épreuve de philo ? Ta mère m'a dit que tu t'étais pris de passion pour la natation. Tu brasses, tu crawles ? Ce chagrin d'amour, ça va mieux ? Tu vas souvent voir tes grands-parents maternels en Italie ? Tu es plutôt Mac ou PC[2] ? Comment tu le trouves, ce vin ? Tu sais, si un jour tu veux passer me voir dans ma maison secondaire à Malaucène, tu es le bienvenu : il y a une rivière au pied du mont Ventoux de toute beauté !

Et tu ne t'apercevras qu'en le saluant sur le trottoir que tu ne lui as posé strictement aucune question sur lui.

— J'ai été heureux de te voir, Vince, sourit-il, un peu crispé mais sincère.

— Moi aussi.

— Alors à la prochaine fois.

1. En plus, j'aime pas les ris de veau.
2. Là, on touche le fond.

— D'accord.

Et une information reste totalement abstraite dans cette histoire : ce monsieur est ton « papa » mais ça ne te fait pas plus d'effet que s'il s'agissait du comptable de la librairie. Tout en toi cadenassé. Façon de te protéger, de te défendre, mais de quoi ? Ta mère doit avoir raison : un père, ça ne s'improvise pas, il faut s'entêter, réessayer… Impression, au final, d'avoir été obligé de jouer un rôle dont on ne t'a pas filé le texte. Et après ? Ben après c'est l'anniversaire de ton amoureux, ses amis sont rentrés de vacances, tu vas être présenté pour la première fois, tu as le trac, mais ce film-là, au moins, tu as envie de jouer dedans.

★

Il a beau m'avoir annoncé un anniversaire en « petit comité », le studio de Micha est bondé. Il énumère tous les prénoms, je le fais répéter, je ne sais pas comment font les profs pour retenir. Il y a un couple de garçons : Nino et Pierre. Il y a trois mecs plus ou moins avancés dans leur transition : Gaël, Joseph et Séverin. Il y a deux filles dont je n'arrive pas à savoir si elles sont ensemble : Maud et Tania. Et puis un type qui ne parle jamais et écoute tout le monde avec la tête qui bouge comme un spectateur à Roland-Garros : Samuel.

Gaël : On peut pas dire que j'ai eu un bon passing tout de suite. Mais depuis genre deux mois on me regarde plus du tout pareil. Quand j'ai entendu pour la première fois « jeune homme », j'ai trop kiffé !

Moi *(à l'oreille de Micha)* : C'est quoi un bon passing ?

Micha *(à mon oreille)* : C'est quand on t'identifie enfin à ton genre ressenti.

Séverin : Moi, le truc qui m'hallucine quand on te regarde enfin comme un mec, c'est tout ce que tu pourrais obtenir « en plus ».

Il mime les guillemets.

Maud : C'est-à-dire ?

Séverin : Ben, tous ces moments où tu te faisais baser parce que t'étais une meuf : là, tu sens tout de suite que les portes sont grandes ouvertes !

Micha : Moi, je suis surtout soulagé qu'on me foute la paix dans la rue. Parce que, en fait, les réflexions relous c'est tout le temps quand t'es une meuf.

Maud : T'avais qu'à pas être gaulée !

Tout le monde rit.

Micha : Samuel, tu veux une bière ?

Samuel fait oui de la tête.

Moi : Je veux bien aussi.

Joseph : Par contre, ce qui me soûle, c'est que j'ai toujours zéro libido…

Séverin : Moi, c'est le contraire : ça a explosé !

Micha : C'est toujours comme ça au début. Ça finira par se stabiliser.

Moi *(à l'oreille de Micha)* : Toujours comme ça quoi ?

Micha *(à mon oreille)* : Quand tu commences la testostérone.

Joseph : Mais ça t'arrive encore de te sentir dysphorique ? J'ai super peur que ça me lâche jamais, en fait…

Je rame je rame… Je sors discrètement mon portable et je cherche sur Google : *La dysphorie de genre est un terme utilisé pour décrire la détresse de la personne transgenre face à un sentiment d'inadéquation entre son sexe assigné à la naissance et son identité de genre.*

Micha : Tu t'es occupé de ta carte d'identité ?

Séverin : Je sais, faut que je le fasse… Mais ça me fait flipper, les juges, tout ça…

Micha : Tu dois absolument le faire ! Imagine : tu vas à l'étranger. Tu tends ta carte avec une photo de meuf et ils ont un mec devant eux !

Séverin : Enfin, qui ressemble *plus ou moins* à un mec. Parce que, en ce moment, je suis carrément un stremon…

Gaël : Mais tu dis quoi au juge ?

Micha : Tu fais surtout pas le malin. Tu dis qu'on t'a assigné « par erreur » le sexe féminin à la naissance et que tu revendiques l'identité masculine. Point.

Gaël : Sauf qu'on sera toujours des mecs trans, on va pas se mentir.

Micha : Tu fais pas dans le détail : ils sont binaires, les juges.

Séverin : Justement, il faut sortir de la binarité ! C'est écrit noir sur blanc dans le bouquin de Preciado que tu m'as filé.

Micha : Confonds pas tout. Faire sortir le monde de la binarité, c'est un autre problème. C'est politique. Obtiens déjà ta putain de nouvelle carte pour être libre. Là, t'es pas autre chose qu'un migrant qu'a besoin de papiers.

Gaël : Un bon passing, ça aide ?

Samuel : Ça veut dire quoi ton tatouage ?

Je m'aperçois avec un peu de retard que Samuel s'adresse à moi.

Moi : Ben, c'est VO comme « version originale ».

Il fait une grimace d'incompréhension.

Moi : Je préfère la vie en version originale, quoi.

Pas super clair ni très convaincant, je sais, mais je ne donne jamais la véritable signification à quelqu'un que je ne connais pas.

Samuel : C'est chelou…

Moi : Pourquoi chelou ?

Samuel : Parce que tu sors avec un mec qu'est pas vraiment en « version originale »…

Brusque montée de culpabilité. Je n'y avais même pas pensé… Han, Micha s'est-il dit la même chose quand je lui ai parlé du tatouage le jour de notre rencontre ? L'ai-je blessé sans le savoir ?

Gaël : Et toi, Vince, tu t'es toujours senti cisgenre ?

Gros blanc.

Micha *(avec un sourire attendri)* : T'as le droit de répondre oui, hein !

Moi : Ben oui, alors.

Gaël : Et gay ?

Ils me regardent tous, sans malveillance, ce n'est pas la question, je me sens juste très gêné d'être au centre de la conversation brusquement.

Moi : En fait, c'est ma mère qui me l'a appris un jour.

Tania : Comment ça ?

Moi : Ben, elle s'en est aperçue avant moi, alors un soir elle m'a dit : « Vince, tu es gay. » Et au final ça m'a fait gagner du temps.

Gaël : Elle en avait parlé à ton père ?

J'acquiesce sans commenter parce que là, le dossier est un peu trop complexe pour être mis sur le tapis devant autant d'inconnus.

Gaël : Et il l'a bien pris ?

Moi : Je crois…

Tania : Sérieux, c'est un peu la perfection ta life !

Je ne sais pas si je dois entendre une ironie suspicieuse là-dedans mais s'il vous plaît, les gens, vous pouvez passer à quelqu'un d'autre ?

★

Trois heures du matin. Micha lave les derniers verres. Il ne remet jamais au lendemain ce genre de truc. Parfois, j'ai l'impression qu'il vit seul depuis très longtemps, qu'il est beaucoup plus âgé que moi, qu'il est responsable comme je ne parviendrai jamais à l'être. Et, en fait, j'aime ça : l'idée de pouvoir me reposer sur lui.

— Dis, tu te souviens du jour où je t'ai montré mon tatouage ?

— Oui, pourquoi ?

— Je t'ai dit que ça voulait dire « version originale ».

— Et ?

— Eh ben maintenant, j'ai peur de t'avoir blessé sans le vouloir parce que Samuel dit en gros que c'est chelou d'avoir ça tatoué vu que t'es pas quelqu'un en « version originale »…

Il me fixe, interloqué, puis il explose de rire. OK, merci pour la piste foireuse, Samuel.

— T'es trop mignon, finit-il par dire.

Je me sens piteux. Y a-t-il plus absurde que de se sentir coupable pour rien ?

— T'as pas trop trimé pendant la soirée ? reprend-il.

— Sans te mentir, parfois j'ai galéré… Pourquoi vous inventez des mots, genre « passing » ?

— Pour ne pas avoir à parler tout le temps avec la langue de l'ennemi.

Je lui adresse un regard d'incompréhension. Il prend un air pédagogue :

— « Homosexuel », « transsexuel » : de base, ce sont des mots inventés par la médecine pour décrire des *maladies*. C'est pour ça qu'ils arrachent un peu la gueule quand on les prononce. D'où l'importance d'avoir aussi des mots à nous. Ça aide à sortir de la haine de soi dans laquelle on a été enfermés. L'enfer, c'est les autres, monsieur le philosophe, mais c'est aussi les mots.

— Je peux te lire une citation ?

— De quoi ?

— Ton Gore Vidal. Y a un truc de ouf totalement platonicien dans la première scène d'amour.

Je fouille mon Eastpak et j'en extrais *Un garçon près de la rivière.*

— « Leurs deux visages se rencontrèrent et avec un gémissement Bob serra Jim dans ses bras. Ils étaient maintenant complets, l'un devenant l'autre, deux corps se heurtant avec une violence ancestrale – identiques, métal contre aimant, deux moitiés restaurant le tout. »

— C'est beau…

— Par contre, la fin est super cruelle, je trouve.

— La vie aussi parfois.

Je l'enlace dans le dos.

— Pourquoi tu me dis ça ?

— Je suis sûr que ce bouquin t'a fait penser à ton histoire avec Octave. Pas vrai ?

J'hésite.

— Vrai…

— T'as envie de le revoir parfois ?

Là, Vince, tu n'as pas intérêt à te louper. Je repense à ce que dit ma mère : en cas de gros embarras, mieux vaut toujours dire la vérité.

— Pendant très longtemps, j'ai eu envie de revoir Octave. Pendant très longtemps, j'ai continué à penser à lui. Maintenant, il y a toi. Tout est encore fragile en moi. Mais tout est différent.

Micha se retourne et me regarde. Il tient ses mains pleines de liquide vaisselle en l'air. Elles gouttent.

— Je sais qu'il faut du temps, dit-il.

— Et je sais que toi, tu me le laisseras.

— Tu en as toujours été sûr ?

— Oui. Parce que t'as pas ton âge, en vrai. T'as beaucoup d'avance.

Il lâche un rire.

— J'ai quel âge pour toi ?

— L'âge de ceux qui savent aimer. Ça, je le sais depuis le début.

MARILYN

— Sauf que c'est juste pas possible, Lily !

Léa durcit le ton. Ma meilleure amie a toujours été brutale avec moi. Je ne sais pas si c'est la définition de l'amitié. En tout cas, elle ne me laisse pas le choix.

— Non mais sérieux : j'ai halluciné quand ta mère m'a appelée ! C'est quoi le projet ? Tu veux devenir comme elle ?

— Laisse ma mère où elle est. Ma mère est malade, OK ?

— Et elle ne te dit pas la vérité ! Personne ne te dit la vérité ! Vous vous craignez tous dans cette famille !

— Alerte dérapage !

— Alerte rien du tout !

Léa rassemble ses longs cheveux blondis par l'été et le sel comme pour s'en faire un chignon, et les laisse retomber aussitôt. Je l'ai toujours vue faire ça quand elle cherche un argument béton.

— Tu *ne peux pas* rester enfermée dans ta chambre à te laisser crever tout ça parce qu'un mec que tu connais à peine te donne plus de nouvelles ! La vérité, c'est que tu l'as kiffé, il t'a kiffée, vous avez ken et il est retourné à sa petite vie à huit cents bornes d'ici !

Je saute hors du lit et je commence à faire les cent pas entre mon bureau et l'armoire en gueulant :

— T'étais là peut-être ? Non ! T'as en tête tout ce qu'il m'a dit et écrit ? Non ! Tu sais rien de ce qu'on a vécu, Octave et moi !

Léa suit mes allées et venues, pas du tout convaincue. Elle fait bien de vouloir devenir avocate : elle ira plaider toutes les causes du monde et elle arrêtera de me faire chier.

— Objectivement, tu ne peux pas en vouloir à ce type ! On a quand même le droit de sortir avec une meuf un été sans tomber amoureux !

— Tu ne redis jamais ça ! Tu *ne sais pas* !

— C'est pour ton bien que je te dis ça !

— Mais je m'en tape que tu veuilles mon bien ! Ce que je veux, c'est Octave !

— Et lui, il te veut ?

Le silence retombe sur cette question.

Guillotine.

Je m'effondre en larmes.

J'aurais pourtant juré que je n'avais plus rien à pleurer.

★

Franchement, je n'ai rien vu venir. J'étais forte de cette fin de vacances parfaite à Villers. Et puis, les premiers jours, on n'arrêtait pas de s'écrire. Ça disait le manque de l'autre, ça disait les paupières peuplées de visions brûlantes, chaque parcelle de nos corps en gros plan, l'empreinte de son sexe en moi, ça disait du Shakespeare trouvé dans mes notes :

> Eternity was in our lips and eyes

Ça disait :

> Ce soir à 22 h
> tu vas sur Deezer et
> tu écoutes « la baie »
> de clara luciani

Alors à vingt-deux heures précises, j'allais sur Deezer et j'écoutais Clara Luciani me chanter :

Ce n'est pas Paris
Et ce n'est pas Londres
Ce n'est pas Berlin
Ni même Hong Kong
Pas Tokyo

Et il fait si chaud
Bienvenue sur la baie
On est si bien
Sur la baie

Et c'était comme si j'y étais, juré, on y était.

À moi : 22 h 15 : « Pourtant » de Vanessa Paradis

Je l'imaginais affalé sur son lit en caleçon cherchant le morceau, et ses deux pieds nus qu'il aime frotter l'un contre l'autre, ses doigts tripotant une mèche sur sa tempe ou ses bras croisés derrière la nuque, la fine toison de ses aisselles.

Je pensais : entends-tu quand elle dit :

Tu sais, tu me demandais hier
Ma vision du bonheur
Eh bien, chaque jour elle est plus nette
Il ne nous fera plus peur

Après, on s'appelait en FaceTime.

— On le fait ?

— On le fait.

Je commençais à me caresser doucement et il se caressait aussi. Le premier soir où on a fait ça, j'ai joui et je n'ai même pas compris comment ça pouvait arriver avec autant de kilomètres entre nous.

Et puis, lundi dernier, on s'est couchés – lui dans les Cévennes, moi à Cergy – avec Skype branché. Je l'ai regardé s'endormir, le profil bleui par la lueur de son écran. On s'était promis de se réveiller ensemble. Plusieurs fois dans la nuit, j'ai ouvert un œil et observé ses paupières fermées. Vers huit heures du matin, j'ai souri avant d'ouvrir les miennes, mais sur mon écran : plus rien. Il avait interrompu la session.

Pas de nouvelles pendant la journée.

Et puis, ce texto à 19 h 30 :

> Je t'appelle tout à l'heure

Ce sera le dernier.

Plus rien après.

Malgré mes mots alarmés, dépités, angoissés, rageurs, mes messages-trop.

Plus rien.

Pourquoi ?

Fracturée tout au fond de moi, j'attends.

Un jour.

Deux jours.

Trois jours.

Mais rien ne vient.

T'es mort ?!

Ou est-ce moi qui viens de mourir en lui ?
Je pleure un mètre cube.
Pourquoi ?
Pourquoi ?
Pourquoi il fait si froid ?
Je ne sortirai plus.
Tant que : toi.

15:43
56 %
Instagram
octaveuh
118 J'aime
octaveuh cévennes

L

Lily

jeu. 22 août à 23 h 42

En vrai, t'as pas d'excuse, à part la mort. Sauf que t'es pas mort. Alors pourquoi ? J'ai fait quoi ? J'ai fait ça : je suis tombée amoureuse de toi. T'as quoi à dire à ça ? Trouve tout seul. Je t'aiderai pas. Mais sois un homme : réponds.

L'horreur, c'est qu'il ne répond pas.
L'horreur, c'est de ne pas savoir.
Je peux tout imaginer.
Surtout et même : ne pas croire au pire.

14:08

Instagram

lily265 ...

9 J'aime

lily265 Avis de recherche

Alors je dors. Pour faire passer le temps. Le temps de l'attente de lui. Je dors dix heures par nuit. Et quatre l'après-midi. C'est un peu moins tragique en dormant autant. Je voudrais être dans deux mois, trois ans, quand il sera là.

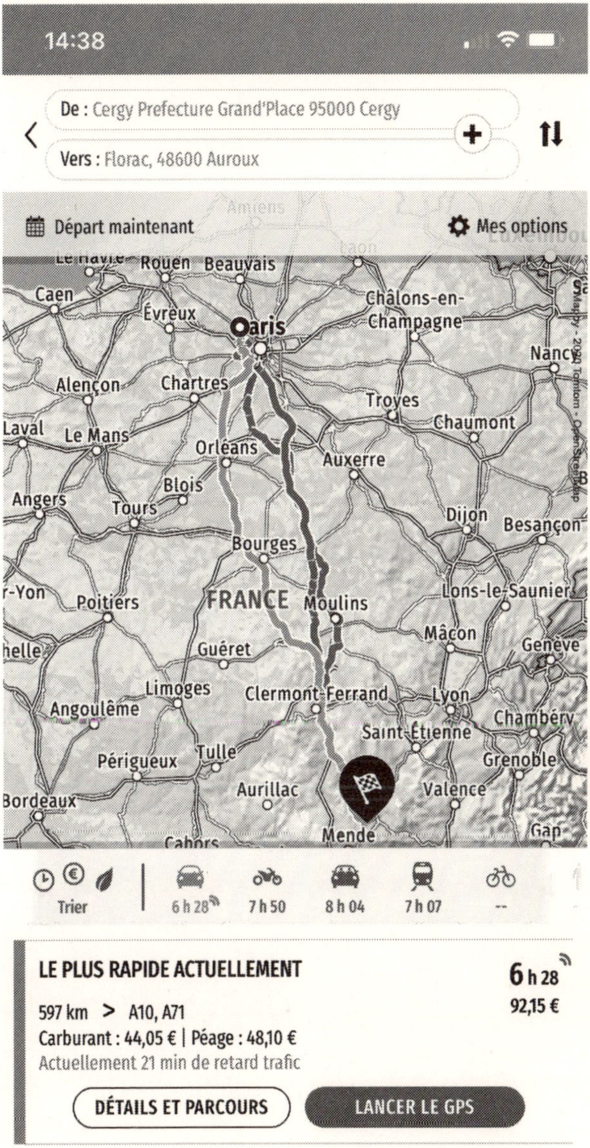
14:38
De : Cergy Prefecture Grand'Place 95000 Cergy
Vers : Florac, 48600 Auroux
Départ maintenant
Mes options
Rouen
Beauvais
Caen
Évreux
Paris
Châlons-en-Champagne
Nancy
Alençon
Chartres
Troyes
Chaumont
Laval
Le Mans
Orléans
Auxerre
Blois
Angers
Tours
Dijon
Besançon
Bourges
FRANCE
Moulins
Lons-le-Saunier
Poitiers
Mâcon
Guéret
Genève
Limoges
Clermont-Ferrand
Lyon
Angoulême
Chambéry
Saint-Étienne
Périgueux
Tulle
Grenoble
Aurillac
Valence
Bordeaux
Mende
Gap
Trier
6 h 28
7 h 50
8 h 04
7 h 07
--
LE PLUS RAPIDE ACTUELLEMENT
6 h 28
92,15 €
597 km > A10, A71
Carburant : 44,05 € | Péage : 48,10 €
Actuellement 21 min de retard trafic
DÉTAILS ET PARCOURS
LANCER LE GPS

Dans tes rêves.

Jusqu'au samedi 24 août.
10 h 17.
Je me redresse dans mon lit.
La rentrée approche.
Je n'ai plus beaucoup de temps devant moi.
Je me lève.
Je me douche.
Je m'habille.
Je prends un RER pour Paris.
J'ai mon plan.

VINCE

— Micha ?

Je le trouve dans la réserve, penché au-dessus des cartons de la rentrée littéraire que ma mère nous a demandé de mettre sur table demain[1].

— Je suis désolé si je t'ai fait flipper tout à l'heure, dis-je.

Je ne sais pas ce qui m'arrive depuis quelques jours : j'ai l'impression que quelqu'un nous suit dans la rue… Ça a commencé samedi à l'heure de la pause déjeuner. On est allés bouffer un sandwich au bord du canal et j'ai senti une présence derrière nous. Je me suis retourné : rien. Mais cette sensation est revenue plusieurs fois, et chaque fois que je me retournais : rien. Sur le coup, je n'en ai pas parlé à Micha qui,

1. Les cours à la Sorbonne ne commençant que le 21 septembre, j'ai demandé à bosser encore un peu à la librairie, ce qui me permet de passer encore plus de temps avec Micha.

de toute façon, marche toujours hyper vite et que je passe mon temps à devoir rattraper. Mais ça me l'a refait tout le week-end. Alors ce matin, dans le métro, je lui ai raconté.

— C'est comme une ombre qui nous colle de loin et, quand je me retourne, je crois la voir disparaître derrière un abribus ou dans un magasin…

Micha a commencé à regarder autour de nous dans la rame.

— Ton père ? a-t-il hasardé.

— S'il fait ça, c'est qu'il est vraiment taré…

— Qui d'autre ? T'as des ennemis ?

J'ai repensé brusquement à Lillian, mais ça me paraissait improbable maintenant qu'on s'était expliqués.

Toute la journée, j'ai bien vu que Micha était préoccupé. J'ai attendu la fermeture de la librairie pour en reparler à froid.

Il se redresse :

— En fait, t'as touché un nerf, dit-il. Désolé.

— Quelqu'un t'a déjà suivi ?

— Un connard de transphobe. C'était au début de ma transition. Ça a pas été plus loin que ça, mais j'ai quand même déposé une main courante.

— C'est quoi ?

— Tu signales le truc à la police. Le type a fini par arrêter.

— C'était quand ?

— Y a un an et demi. Depuis, je suis super méfiant…

— Je comprends.

— Et cette impression, tu l'as aussi quand t'es seul dans la rue ?

— Je suis presque plus jamais seul depuis toi…

— Mais t'es du genre à avoir peur ?

— Carrément pas : au lycée, j'étais tout le temps convoqué parce que je me fightais.

On se regarde et on ne sait pas quoi dire de plus.

Donc soit mon père est psychopathe.

Soit on a un dingue au cul.

Soit je développe une pathologie mentale.

Soit… ?

— J'ai envie de ta bouche, dis-je finalement.

Il fait un pas vers moi et tend le visage. D'un doigt, je caresse ses lèvres entrouvertes. Puis je passe ma langue sur son menton, je le lèche lentement. La porte de la réserve s'ouvre.

— Oh pardon, dit Hélène.

Elle la referme aussitôt.

— Ça fait combien de fois qu'on se fait gauler ? demande Micha en souriant.

— Environ 453 fois.

★

Micha a enfin accepté de venir dîner et dormir chez nous. Il était tendu. La glace a fondu au bout de deux kirs. De son côté, ma mère s'est fait une raison. Elle sait bien qu'on ne peut pas aller contre moi, contre mon désir. Au moment de débarrasser, elle a profité qu'on était tous les deux à la cuisine et elle a lâché :

— J'ai vraiment fait une tête de bois…

— Ça veut dire quoi ?

— Que tu es têtu comme une mule.

— Tous les amoureux sont comme ça, non ?

Je cherche à savoir si nos histoires d'amour sont toutes différentes (ce qui paraîtrait logique vu qu'on change avec l'âge et qu'on aime une nouvelle personne) ou si elles se répètent. La vérité est certainement un mixte des deux. En tout cas, la première nuit avec Micha dans ma chambre m'a super chamboulé : je n'y avais jamais connu l'amour qu'avec Octave, alors je ne veux pas insinuer que son fantôme flottait dans l'air mais des souvenirs surgissaient, des phrases revenaient, y compris et surtout dans ma bouche :

— Ce que j'aime le plus, c'est ton ventre.

— Pourquoi ? demande Micha.

— On dirait un ventre de danseur, ou de perchiste. Et toi ?

— Quoi moi ?

— Ce que tu aimes le plus chez moi ?

Et là : impression de déjà-vu… OK : j'ai eu exactement la même conversation avec Octave.

— C'est pas très original : ta lèvre supérieure[1].

— Pourquoi ma lèvre supérieure ?

---

1. À cette question, Octave répondait toujours : « Ton cul. »

— Parce qu'elle est toute fine.

— Ben justement, c'est nul !

— Ben justement, non. J'en ai jamais assez, j'ai toujours l'impression de ne l'avoir jamais embrassée.

Micha rougit. Et *bam* : ça me rappelle le feu aux joues d'Octave. Merde !

Une autre chose que j'ai remarquée : je prenais tout le temps Octave en photo et je n'ose pas le faire avec Micha. Bon, la grande différence qui fait tout, c'est que Micha ne cherche pas à *m'échapper*, lui. Il m'a atrocement manqué pendant les vacances au Touquet mais je savais au fond de moi que je le retrouverais comme je l'avais quitté et c'est ce qui s'est passé. Avec lui, je ne suis pas rongé d'angoisse comme je l'étais avec Octave. Quand j'y repense : Octave n'était vraiment pas clair avec Louise (sa soi-disant meuf de l'époque) et, pour nous, il ne voulait pas que ça se sache au lycée. Alors non, je ne pouvais pas être serein. Quand on se retrouvait après les cours, Octave et moi, j'arrachais ses vêtements comme si je leur en voulais de m'avoir privé de son corps. Le matin, je le retenais au lit parce que je savais qu'on ne pourrait pas être des *amoureux* pendant la journée. Il disait souvent : « Tu veux ma peau ou quoi ? » Ben, oui : je voulais sa peau parce qu'il ne me la donnait pas assez. Même dans le lit, il roulait toujours loin de moi et j'étais obligé de crapahuter jusqu'à lui. Il n'y a que dans la rue que je suis obligé de rattraper Micha : sous les draps, il reste tout contre moi, je peux le respirer à n'en plus finir, écouter son souffle endormi, je manque de sommeil le lendemain mais je m'en fous parce que, au moins, j'ai vécu une éternité à n'être qu'un avec lui. Et aussi : je ne suis pas jaloux de ses rêves, ni de ses amis. Je voulais *posséder* Octave. *J'ai* Micha.

Ma mère frappe à la porte. Micha se redresse vite fait et s'adosse au mur. Ce n'est pas encore évident pour lui d'être l'amoureux du fils de sa patronne.

— Oui ?

Le visage de ma mère apparaît dans l'embrasure, une clope à la bouche.

— Je peux entrer trois minutes ?

Je fais signe que oui, même si j'appréhende. Elle s'assied à mon bureau. Je me hisse et j'ouvre le Velux au-dessus du lit.

— Ah, pardon, dit-elle en s'apercevant que j'accuse silencieusement sa clope.

Elle regarde autour d'elle. Je lui tends un verre et elle l'écrase. Un nuage puant se disperse sur le lambris de la chambre.

— Je voulais vous informer qu'une étudiante arrive demain à la librairie pour quelques jours.

— Elle vient pour quoi ?

— C'est un stage d'observation. Elle commence des études de lettres et elle voudrait voir comment se passe le métier de libraire. Je ne me suis pas vue refuser.

— Et donc ?

— Donc je compte sur Micha et toi pour la coacher.

— Bien sûr, dit Micha qui rêverait que la conversation finisse au plus vite.

— Elle s'appelle comment ?

— Marilyn.

— Marilyn ?!

— Écoute, ça ne va pas durer longtemps et elle m'a plutôt fait bonne impression. Très bien élevée et…

Ma mère reste le nez en l'air.

— Et ?

— Et il y a chez elle une détermination qui devrait vous plaire.

★

Je ne l'ai pas sentie. Dès la première seconde. Je ne suis pas particulièrement intelligent, mais j'ai un putain d'instinct. Et mon instinct me soufflait : méfiance. La veille au soir, ma mère avait parlé de « détermination » ; sous le front buté de Marilyn, j'identifiais plutôt deux billes hostiles.

Micha l'a briefée une bonne partie de la matinée. Elle prenait des notes dans un petit cahier jaune vif qui tenait dans le creux de sa main. Parfois, elle forçait un sourire, comme s'excusant d'avoir hérité d'un visage si naturellement boudeur. Et elle me lançait des regards bizarres.

À un moment, ma mère est venue grogner à mon oreille :

— Tu pourrais faire un effort !

Un peu avant treize heures, Micha a fait pour Marilyn ce qu'il avait fait pour moi : il a proposé d'aller manger un truc au bord du canal. Tous les trois.

★

Micha dispose les barquettes du jap' et les sauces entre nous. L'air est doux, plus du tout étouffant, l'été commence à se barrer, je déteste cette sensation.

Mes yeux s'attardent sur les chevilles nues de mon amoureux. Je ne vois rien de plus sexy que cette bande de peau qui se découpe entre ses Vans et le revers du jean.

— Micha, je veux participer, insiste Marilyn.

Parce que oui : Micha est comme ça, supra généreux alors qu'il ne roule franchement pas sur l'or[1].

— Tu nous paieras un café en fin de semaine, conclut-il, et voilà.

Il engouffre un tempura crevette-avocat.

— T'as de la chance d'avoir tout de suite trouvé un taf sur Paris, fait remarquer Marilyn, songeuse.

---

1. Le soir même, il me dira :
— J'ai tout de suite vu que Marilyn n'avait pas beaucoup de thunes.
— Comment t'as vu ça ?
Désignant son nez :
— Entre enfants de prolos, on se reconnaît.

— C'est clair.

— Et toi ? me demande-t-elle. Tu veux aussi être libraire ?

— J'en sais rien…

— Comme moi, quoi, concède-t-elle.

Finalement, Marilyn est plus cool de près que de loin.

— On va se recroiser à la Sorbonne, dis-je.

— Tu fais lettres ?

— Philo.

— Tu manges pas ? intervient Micha en observant les mains vides de Marilyn.

Elle prend un air embêté et saisit un maki.

— Ça doit être la rentrée qui arrive… J'angoisse, alors j'ai pas très faim.

— Qu'est-ce qui t'angoisse ?

Ses yeux se perdent dans l'eau du canal. Quand elle est paumée, elle a l'air plus douce aussi.

— Peur de me tromper. De pas avoir choisi le bon…

— Le bon quoi ?

— Cursus.

— J'ai une super idée pour ton dépucelage de libraire ! dis-je. Avec Micha, on se fait des concours. Ça consiste à vendre le plus d'exemplaires possible de notre livre préféré du moment[1].

---

1. Je ne sais pas si je suis bien ou mal intentionné en lançant cette idée. Pointe de sadisme ?

— Vous faites ça sur combien de jours ?

— C'est comme on veut, continue Micha après moi. Comme t'es novice, on peut se donner la semaine.

— Le but, c'est de forcer la main aux clients, quoi ?

— Disons qu'on essaie d'être très convaincants. Tu dois d'abord leur demander ce qu'ils recherchent. Et, sitôt que tu sens une ouverture, tu t'accroches et tu les lâches plus.

— Même moi, j'ai réussi à gagner contre Micha.

— Avec quel livre ?

— *En cas d'amour*, ça s'appelle.

Elle lâche un petit rire nerveux.

— C'est pour moi ça !

— Pourquoi ?

Elle ne répond pas et termine son maki sans envie.

— Tu choisirais quoi comme livre ?

— Mais si le livre que je veux n'est pas à la librairie ?

Micha lui lance un regard d'amical défi :

— Je le commanderai. Alors ? Tu dirais quoi ?

Elle reste le nez en l'air.

— C'est intime quand même…

Elle sort son portable.

— Je note ce que je lis, se justifie-t-elle. Et des citations.

Je m'excite :

— Oh, oui ! Une citation ! J'adore ça !

Elle scrolle un moment, puis lit :

— « J'écris de chez les moches, pour les moches, les vieilles, les camionneuses, les frigides, les mal-baisées, les imbaisables, les hystériques, les tarées, toutes les exclues du grand marché à la bonne meuf. Et je commence par là pour que les choses soient claires : je ne m'excuse de rien, je ne viens pas me plaindre. »

Micha explose à deux mains un buzzer imaginaire :

— Virginie Despentes ! *King Kong Théorie* !

Marilyn lève le pouce. Et moi, je reste la bouche ouverte de stupeur. Imprévisible, cette fille !

— C'est quoi ?

— C'est un livre très important, dit Micha. Tu dois absolument le lire[1]. Adjugé, vendu ! On l'a en poche en plusieurs exemplaires. Ce sera ton défi de la semaine !

Micha tend la paume de sa main. Marilyn tope. Puis elle se tourne vers moi. Je finis par tendre la main moi aussi. Pour la première fois, elle me sourit.

1. Le soir même, il me dira :

— C'est une alliée. Quelqu'un qui cite *King Kong Théorie* sans qu'on l'ait vu venir est forcément une alliée.

— Tu dis ça comme si on était en guerre…

— Les choses ont plutôt été faciles pour toi. Mais oui, sache-le : on est en guerre.

MARILYN

Les deux boss me présentent Micha, petit mec tout sourire qui va se charger de me faire faire le tour des rayons et de la réserve. Vince me salue de loin mais il n'approche pas, comme s'il pressentait quelque chose. Je flippe : m'a-t-il grillée les fois où je les ai suivis ?

Jusque-là, tout m'a été apporté sur un plateau : samedi dernier, je fais mon premier repérage à la librairie Les Nouvelles Vagues dans le onzième, je découvre avec étonnement que l'ancien meilleur ami d'Octave y bosse pour l'été, je comprends que le petit brun est son mec, je me prends au jeu même si je ne sais vraiment pas où tout ça va me mener. La vérité, c'est que je n'ai pas l'argent pour aller chercher Octave dans les Cévennes, à Montpellier ou que sais-je, alors j'ai trouvé ça, un désespoir de cause qui m'occupe (j'en oublie de pleurer la journée) : approcher Vince, l'ami de toujours, l'ami mystérieusement plus du tout ami, j'ai l'intuition que je ne pourrai comprendre ce qui m'arrive qu'en approchant ce qui est arrivé à Octave et Vince, d'où ça me vient, je ne sais pas, et c'est alors que j'ai l'idée de ce gros mytho : la fac de lettres, le stage d'observation. Le lundi, j'identifie la mère de Vince (ils se ressemblent à mort, genre rital), je lui sors mon discours, concentrée, je me force à sourire, elle me croit sur parole mais je sens que je vais plutôt encombrer, je tombe en pleine rentrée littéraire, elle est un peu emmerdée, je la fixe droit dans les yeux (je la supplie silencieusement). Finalement, elle accepte. Je peux venir dès demain. Et voilà Micha m'expliquant tout, patient, gentil, mais Vince à distance, méfiance animale entre nous : tout au fond de lui, il doit savoir qu'on a un fantôme en commun ; il le sait mais il ne l'a pas encore compris. L'apprivoiser. Micha m'offre une première occasion en or : une pause déjeuner au bord du canal.

Pas faim. Je stresse. Peur de me trahir d'une phrase, d'un mot : terminale, bac, Beaux-Arts… Je me suis pourtant préparée sur le site de la Sorbonne, j'ai répété : licence de lettres modernes, rentrée le 21 septembre, option B : *Culture et création littéraires. Intègre une formation et une réflexion sur les formes modernes de la fiction (cinéma, télévision, bande dessinée…) destinées aux étudiantes et étudiants qui souhaitent s'orienter vers les métiers de la culture.* J'ai mis le tee-shirt Kooples que ma mère a volé à Deauville, j'ai aussi élaboré ma bio fictive : née à Levallois, père dentiste, mère au foyer, j'occupe depuis une semaine un studio loué par mes parents au métro Duroc. J'ai cherché dans mes notes quels livres m'avaient marquée, histoire d'avoir un peu de répondant. Aux deux libraires, je peux citer un Modiano (pour impressionner), *Harry Potter* (pour être crédible) et « je n'aime pas les romans du XIXe siècle » (pour être honnête). À Vince et Micha, j'ai réservé quelques titres un peu plus punk comme *King Kong Théorie* qu'on a lu avec Léa après ce qu'elle refuse encore d'appeler son « viol ». Bref : j'ai bossé mon rôle.

Ventre noué, je prends sur moi pendant la pause déjeuner, je compose et je m'aperçois que, contre toute attente, je suis en train de réussir à amadouer Vince. Il se déride assez vite. Je tente de ne pas en faire trop alors que les questions tambourinent contre mon front : *Pourquoi vous ne vous voyez plus, Octave et toi ? Est-ce qu'un jour, il t'a envoyé un texto qui disait : « Je t'appelle tout à l'heure » et puis plus rien, jamais ? Est-ce que tu penses encore à lui ? Est-ce que tu sais qu'il a un Photomaton de vous deux dans son portefeuille ?* Non : je tiens mes questions en laisse comme une meute de chiens affamés, je la joue banale banale banale : *T'as de la chance d'avoir trouvé tout de suite un taf sur Paris,* blablabla. Et quand les deux garçons m'interrogent enfin sur mes livres de chevet, je fais semblant de chercher et je finis par faire péter les premières phrases de mon Despentes. Ce n'est pas *un* point que je marque d'un coup mais *dix*. Micha est de mon côté depuis le début, Vince n'est pas loin de basculer. Dans deux jours, ils m'auront adoptée. Et après ?

★

— T'écris quoi dans ton carnet ?

Je sursaute : Vince est penché au-dessus de mon épaule. Je fais claquer la couverture.

— Ben, je fais un stage d'observation, alors je note mes observations…

Il a un air suspicieux.

— Mais pourquoi y a nos prénoms ?

Je m'efforce de prendre un air dégagé.

— Pour l'instant, je note tout. Je remettrai en forme plus tard.

Je fais quelques pas pour lui échapper. Mon regard se perd dans le rayon polars. Il me suit.

— Mais à qui tu vas le donner ton rapport ?

On dirait un détective qui sait parfaitement qui est le coupable mais qui l'asticote jusqu'au faux pas fatal.

— Ça me servira un jour. Si je veux faire le même master que Micha, par exemple : je le mettrai dans le dossier.

Il hoche la tête. Puis il s'approche de moi, très près. Je retiens mon souffle.

— Je sais qu'elles sont fausses, tes taches de rousseur, dit-il. Je connais le truc.

Il mouille le bout de son index, le passe sur ma joue et goûte.

— Nesquik.

Il sourit, fier de lui. Et ça sonne comme une menace pas si désagréable : Vince a compris ça, demain ce sera autre chose. Au fond, je n'ai qu'à laisser faire et, en fin de semaine, il me lâchera : « Je sais que t'es amoureuse d'Octave, meuf. Eh ben, je vais te dire toute la vérité. »

★

Je n'ai même pas franchi le seuil de la maison que j'entends le bordel dans la cuisine. Je me précipite : mon père et Jimmy ceinturent ma mère dont la tête échevelée s'agite dans tous les sens. C'est la crise du mois. Merci le nouveau traitement de merde.

— Calme-toi !

— Maman, assieds-toi ! supplie Jimmy.

Il n'y a tellement rien à dire dans ces cas-là (et, apparemment, pas grand-chose à faire non plus) que je meuble quand même, comme pour masquer notre impuissance :

— Elle s'est encore barrée ?

— Heureusement que je ne compte pas sur toi ! rugit papa. Je suis allé direct à la gare RER : bingo ! Madame partait en voyage !

— Tu ne parles pas de moi comme ça ! crache maman en se débattant.

C'est terrible mais ni mon cœur ni mon sang ni rien en moi ne réagit plus. Je ne fais même pas un geste vers elle. Ce n'est pas de l'indifférence. Juste du découragement. On ne pourra pas me reprocher mes bons et loyaux services. Mais maintenant, je voudrais m'occuper de ma vie, pour une fois que je vis quelque chose, même si c'est pourri.

— Pourquoi t'es encore partie ? tente Jimmy.

Question qui a le don de la déclencher, mais bon : mon petit frère n'est pas censé être diplômé en psychiatrie non plus.

— Mais parce que je *veux* partir ! gémit-elle.

— C'est dans ta tête que ça part, oui ! grogne papa.

— Comment tu parles de moi, putain !

— Ben, estime-toi heureuse parce que, si tu continues, on parlera plus de toi du tout : c'est chez les dingues que je vais t'envoyer, tu vas voir ça !

Papa est un mec très calme. Mais, une ou deux fois par an, il explose. C'est ce soir. Dans ces cas-là, il menace avec la procédure d'internement par un tiers. Je ne sais pas s'il serait capable d'aller jusqu'au bout et de la faire enfermer.

Maman s'effondre en larmes. Jimmy réussit enfin à la faire asseoir. Je lui sers un verre d'eau qu'elle observe d'un regard morne. Je m'installe en face d'elle.

— Pourquoi tu veux tellement partir ?

Elle lève le front vers moi.

— Je n'aime pas cette vie !

Elle a les yeux striés de rouge. Et les racines des cheveux toutes blanches, elle si coquette d'habitude…

— Tu veux dire quoi exactement ? T'aimes pas *la* vie ou la vie *avec nous* ?

Elle est désarmée. Les deux ?

— Tout ça, c'est pas de ta faute, tente de conclure papa qui préférerait quitter ce terrain qu'il imagine miné. On s'énerve, on s'énerve, mais on sait bien que c'est pas de ta faute. C'est la chimie…

Elle acquiesce péniblement.

Papa se tourne vers moi, je vois sa tentative de diversion arriver :

— Et qu'est-ce que tu fous toi aussi toute la journée sur Paris ?

Je préfère ne pas le regarder.

— Je vis juste *un peu* ma vie.

Maman lâche un rire nerveux et glauque :

— Voilà ! C'est de ça que je finirai par crever : de ne vivre qu'*un peu* ma vie !

★

Je me laisse tomber sur le lit.

J'hallucine j'hallucine j'hallucine.

C'est loin Paris.

C'est loin Vince et Micha.

C'était aujourd'hui mais j'ai l'impression que c'était il y a des semaines, à des centaines de kilomètres.

Mon corps ne réagit plus aux crises de maman, mais elles ne sont pas sans effet : elles isolent, elles font disparaître l'extérieur et tout le reste.

Sauf peut-être…

J'ouvre Instagram.

Et *bam.*

C'est tombé ce matin à 10 h 28.

10:28

Instagram

octaveuh ...

41 J'aime

octaveuh De passage sur Paname. Qui est là ?

Moi.

VINCE

Ça fait deux jours que Marilyn est à la librairie mais personne ne pourrait imaginer qu'elle est en « stage d'observation ». Parce que Hélène et maman l'ont autorisée à conseiller des clients « sur quelques titres que tu as bien en tête », Marilyn s'est lâchée. Mais quand je dis « lâchée », je pèse mes mots : elle a quand même vendu quatre *King Kong Théorie* en une journée ! Pas non plus le livre le plus *mainstream*[1] !

Ce matin, j'ai surpris une conversation dans la réserve entre ma mère et Micha :

1. Du coup, je l'ai lu la nuit dernière. Eh ben, putain : ça envoie du lourd ! Du punk en barre, tellement intelligent et radical. Viol, prostitution, pornographie, le tout pour creuser la question de la condition féminine. Juste révolutionnaire. Pour l'hygiène de la pensée, je me dis que tout le monde devrait lire ce bouquin, même les connards (qui, ainsi, deviendraient moins cons).

— C'est moi ou cette fille est douée ? interrogeait-elle.

— C'est clair. Elle assure.

Ça m'a vexé que maman s'en étonne auprès de Micha en priorité. Bon, en même temps, c'est vrai que je n'y ai pas mis beaucoup du mien le premier jour.

— Vince, j'ai recommandé plusieurs exemplaires de ton Yourcenar chéri. Tu me ferais un petit bristol « coup de cœur » ?

Sourire, bonne volonté, tu n'as plus l'âge de faire la gueule comme un ado.

— OK.

— Merci, au fait.

— Merci de quoi ?

— D'avoir daigné t'intéresser à Marilyn. Je remarque que Micha a une très bonne influence sur toi.

Elle lui a fait un clin d'œil et s'est éloignée.

Seuls dans la réserve, un grand classique mais dont on ne se lasse pas : un baiser, bien profond.

— Pourquoi tu ris ? ai-je demandé à Micha.

— Parce que tu me manges le menton !

— Je *t'embrasse* le menton.

— Nan, tu le *manges* !

— Et t'aimes pas ?

Il m'a regardé droit dans les yeux.

— Ça m'excite grave.

Et il a quitté la pièce.

C'est là que j'ai vu le carnet de Marilyn près de l'ordi.

Gros dilemme… Je cède à la tentation ou je ne cède pas ? Il ne faut pas. J'ai trop envie. Il ne faut pas. J'ai trop envie.

Il faut savoir un truc : avant mon histoire avec Octave (enfin : du temps de notre simple amitié), je tenais une sorte de journal. Il contenait ce que j'appelais mes « garçons volés ». Je passais ma vie à mater les mecs (surtout dans le métro) et comme, évidemment, je n'osais en aborder aucun, je les « perdais » tous. Alors je les écrivais pour garder quelque chose d'eux. C'était comme des croquis mais avec des mots : je les décrivais, j'essayais de savoir ce qui me plaisait chez eux et aussi s'ils me regardaient les regarder (je me suis fait griller pas mal de fois mais aucun n'est jamais venu me dire que j'étais relou). C'était mon carnet de fantasmes en attendant l'amour, quoi. Et puis, un jour, on était aux Canaries avec Octave, et je me suis aperçu qu'il le lisait dans mon dos. Avec le recul, je sais très bien ce qu'il est allé y chercher mais, à l'époque, ça m'a fait halluciner : il m'avait vu l'écrire je ne sais pas combien de fois, prétendant que ça ne l'intéressait pas. Il avait super peur de le lire, tu veux dire ! Peur de découvrir quelque chose qui l'exciterait vaguement. Bref, ce dont je voulais parler, c'est la sensation hyper troublante que j'ai eue quand j'ai découvert qu'Octave me lisait sans le dire. Je me suis senti plus nu que nu. Plus nu qu'au milieu de mille culs nus. On le sait quand on l'a expérimenté : la nudité physique est banale par rapport à l'intimité dévoilée, je veux dire : ce que tu penses vraiment, ce que tu désires vraiment, ce qui te fait vraiment peur, ce que tu n'arrives pas à dépasser, ce qui te désespère en toi, tes petits vices, etc. Oui, je me souviens de cette impression d'être totalement percé à jour parce que Octave m'avait lu. Alors il était là mon dilemme ce matin : est-ce que je pouvais faire ça à Marilyn ? Bien sûr, elle n'en saurait peut-être jamais rien. Mais quand même… Je suis resté plusieurs longues minutes devant le carnet jaune à tergiverser.

Et puis, comme je suis une merde dans le fond, je l'ai ouvert et j'ai lu.

Marilyn n'est pas du tout en *stage* ! Mais en *observation,* ça oui, carrément ! La putain de mytho ! Ses notes parlent beaucoup de Micha et de moi. Nos portraits sont plutôt sympas (elle a bien remarqué que je me méfiais d'elle au début). Et puis, ça : *La vérité, c'est que je n'ai pas l'argent pour aller chercher Octave dans les Cévennes, à Montpellier ou que sais-je, alors j'ai trouvé ça, un désespoir de cause qui m'occupe (j'en oublie de pleurer la journée) : approcher Vince, l'ami de toujours, l'ami mystérieusement plus du tout ami, j'ai l'intuition que je ne pourrai comprendre ce qui m'arrive qu'en approchant ce qui est arrivé à Octave et Vince.* Tu répètes, là ?! Un coup dans le bide. Qu'est-ce qu'Octave venait foutre là, bordel de merde ? Je ne pouvais pas tout lire, peur de me faire gauler, alors j'ai juste parcouru, essayé de choper des mots au vol. Mon rythme cardiaque s'accélérait et – automatique – le tonnerre dans mes intestins grondait. Marilyn connaissait Octave, et plus que ça même, putain putain ! *Pourquoi vous ne vous voyez plus, Octave et toi ? Est-ce qu'un jour, il t'a envoyé un texto qui disait : « Je t'appelle tout à l'heure » et puis plus rien, jamais ? Est-ce que tu penses encore à lui ? Est-ce que tu sais qu'il a un Photomaton de vous deux dans son portefeuille ?* Je rêve ou je rêve ? Octave + Photomaton + dans son portefeuille ? J'ai glissé le carnet de Marilyn dans la poche arrière de mon jean et j'ai foncé aux chiottes.

Bon, je ne me voyais pas rendre son carnet à Marilyn en lâchant au passage :

— Faut qu'on parle, toi et moi.

Genre : tu as fait exprès de le laisser traîner pour que je tombe dessus et tu as bien fait, c'est plus simple que n'importe quel discours. Au moins, maintenant, je sais tout, quoique non : j'essaie de reconstituer comme je peux, mais je ne comprends rien, à part : Octave + toi, c'est bien ça ? Mais d'où est-ce que tu viens jusqu'ici avec ton gros mytho de stage de merde ?! Qu'est-ce que j'ai à voir avec tout ça, moi ? Je ne sais pas ce que tu cherches, meuf, mais je ne peux carrément rien pour toi ! La seule chose que tu vas faire, c'est fêler quelque chose en moi qui était à peine recollé !

Alors j'ai pensé : OK, elle joue avec le feu, évite de lui tendre l'explosif.

Je suis sorti de la réserve d'un pas décidé, j'ai tendu à Marilyn son carnet jaune pisseux, et j'ai juste dit :

— Tiens, t'avais perdu ça.

★

Et après ?

Ben, après tu te retrouves tout seul avec ça sur les bras (non, tu ne vas pas en parler à Micha ; on arrête avec Octave Octave Octave).

C'est pour ta gueule.

Enjoy.

MARILYN

Je suis presque sûre que ça a marché : il l'a lu. Mais il n'en parle pas. Pourquoi ? J'aurais juré qu'il ne pourrait pas se retenir, il allait forcément réagir. Sauf que : rien. Quelques coups d'œil furtifs. Il a soi-disant beaucoup à faire. En vrai, il brasse de l'air pour m'éviter. C'est d'autant plus visible que Micha est toujours aussi cool avec moi. Et les deux libraires aussi. En milieu d'après-midi, la mère de Vince m'a félicitée, on était toutes les deux dans la réserve :

— Tu roules chaque fois pour le même livre, mais tu t'y prends comme une cheffe !

Je l'ai remerciée :

— Grâce à vous, je sais que ça pourrait me plaire de faire ça. Même si je veux me laisser du temps.

— Tu as bien raison. Les études générales, ça mène à tout. Tu te spécialiseras plus tard.

Vince est apparu.

— Tu peux montrer à Marilyn comment fonctionne Electre, s'il te plaît ? a-t-elle demandé à son fils.

Il a soupiré. Genre : bien exprès.

— Vince ?

— Oui, deux secondes !

— C'est quoi cette humeur de chien ?

— Rien !

Elle a poussé un soupir agacé et nous a laissés. Vince s'est installé devant l'ordinateur.

— Ben, assieds-toi ! a-t-il grogné.

J'ai obéi.

— Les codes pour se connecter sont là, a-t-il récité en désignant un papier scotché au mur.

— Pourquoi tu me dis rien ? ai-je interrogé abruptement.

— Ben, je te dis quelque chose : les codes pour se connecter sont là !

— Non : pourquoi tu m'en parles pas ? ai-je insisté très calmement.

On avait tous les deux les yeux braqués sur l'écran, deux regards têtus et parallèles, ça pourrissait l'air.

— T'as lu mon carnet. Donc tu sais pourquoi je suis là.

— Alors là, meuf, si tu veux savoir : non, je sais pas du tout pourquoi t'es là et je crois que toi non plus !

J'ai sorti le carnet, je l'ai ouvert. Il a tourné la tête.

— Il faut que tu me parles de lui. Juste un peu. Je suis désolée si ça remue des trucs pas cool… Octave aussi, il a du mal à parler de toi, tu le sais ? Il est triste quand il prononce ton prénom. Je te dis ça et, vraiment, je suis pas là pour le défendre.

Vince a frappé le bureau du plat de la main. J'ai sursauté.

— Je voudrais juste que tu répondes à ces questions, l'ai-je imploré.

Je les ai pointées du doigt sur la page.

— Putain, a-t-il marmonné en se prenant la tête entre les mains. T'es une grande malade.

— Je t'en prie… Après, je disparaîtrai. Je reviendrai même pas demain. Tu seras débarrassé.

Je me suis forcée à parler le plus doucement possible, pas genre interrogatoire :

— *Pourquoi vous ne vous voyez plus, Octave et toi ?*

Il a mis super longtemps à répondre. Il regardait ailleurs. Quand il s'est lancé, il avait la gorge serrée.

— On ne se voit plus parce qu'on a eu une histoire d'amour et qu'il a fini par me jeter et fuir chez son père à Montpellier.

Souffle coupé, incapable de poser la question suivante. C'est lui qui l'a fait :

— *Est-ce qu'un jour, il t'a envoyé un texto qui disait : « Je t'appelle tout à l'heure » et puis plus rien, jamais ?*

Là, il n'a pas hésité une seconde :

— Je te confirme : c'est bien sa technique. Et ça veut dire que t'auras plus jamais de ses nouvelles.

Il y avait une pointe de jubilation dans ces mots-là.

Il s'est penché sur le carnet :

— J'arrive pas à te lire.

J'ai ouvert une bouche totalement asséchée et j'ai bredouillé :

— *Est-ce que tu penses encore à lui ?*

— Oui. Mais je ne le dis plus.

— *Est-ce que tu sais qu'il a un Photomaton de vous deux dans son portefeuille ?*

— J'aurais pas cru…

— Et toi ? Tu l'as ?

— Je l'ai jeté.

J'ai refermé le cahier.

— Alors toi aussi, t'as été… amoureux de lui ?

— Tu vas faire quoi de mes réponses ?

J'ai détourné la tête.

— Je suis contente de t'avoir rencontré, Vince. Je savais qu'on avait Octave en commun, mais je ne savais pas qu'on avait beaucoup plus…

— Beaucoup plus ?

— Le chagrin.

Il a lâché un petit rire de dépit :

— Ça nous avance à quoi ?

— C'est mieux que rien. Moi, perso, j'en peux plus du RIEN. Son silence. Le vide. Au moins, maintenant, j'ai notre chagrin à mettre dans mon vide…

— Octave appartient à personne, Marilyn. Tombe surtout pas amoureuse de lui.

— Trop tard.

Je me suis levée.

— Tu peux fermer Electre, je m'en tape. C'était juste un prétexte pour être seule avec toi.

J'ai commencé à m'éloigner.

— En tout cas… vous êtes beaux ensemble, Micha et toi.

— Merci…

— Je suis sûre que toi, t'es sauvé.

Et, comme une éclaircie qu'on n'attendait plus, Vince m'a souri. Entre lui et moi, les sourires auront toujours été gagnés de haute lutte.

★

Je pars un peu avant la fermeture de la librairie.

J'ai chopé l'adresse d'Octave dans le sac d'Hélène.

Je m'engouffre dans le métro.

Ligne 11.

Direction Châtelet.

Non, tu ne vas pas t'en tirer comme ça, mon pote.

Arrivée en bas du 20, rue Saint-Martin, je stationne pas loin du porche et je guette.

Au bout de dix minutes, un vieux sort de l'immeuble. Je me glisse dans le hall. Je repère la boîte aux lettres : troisième étage, droite. Encore faut-il franchir la porte vitrée, il y a un putain d'interphone.

J'attends cinq,

six,

sept minutes.

Si ça continue, je vais tomber sur Hélène qui rentre du taf.

Tant pis : je sonne.

Sa voix, tout de suite :

— Oui ?

— Un colis pour vous.

Je ne cherche pas à trafiquer ma voix, je ne suis pas là pour me marrer.

— J'attends pas de colis.

— UPS !

Il raccroche.

Une putain de rage monte en moi.

Je sonne à nouveau.

— Lily, qu'est-ce que tu fais là ?

— Ouvre-moi !

— Pourquoi t'es venue ?

— Sérieux, tu me demandes ?!

Silence. Juste le grésillement dans le haut-parleur.

— Pourquoi tu me poursuis ?

— Je ne te *poursuis* pas : je *viens* chez toi pour parler puisque apparemment tu reçois plus les textos ni les messages !

— C'est bon, ma mère m'a tout raconté. Ne va plus à la librairie. Et laisse Vince en dehors de tout ça.

— Écoute : je suis sûre que t'as une petite phrase magique à me servir, du genre : « Lily, entre nous, c'était juste comme ça. » Ou : « J'appartiens à personne. » Alors tu sais quoi ? Tu vas bien la remuer dans ta bouche, ta phrase, et tu vas m'ouvrir pour me la dire en face, OK ?

Silence. Sa respiration nerveuse.

— Lily…

Je ne suis même pas effondrée. Je suis un soldat. J'ai un tank à la place du cœur. Il peut y aller, je me suis préparée, il ne me tuera pas.

— Je suis perdu. Perdu. Tu me crois ?

— Je ne crois que ce que je vois.

Son du loquet. La porte vitrée s'ouvre. Je cours dans l'escalier. Quand j'arrive au troisième, il est déjà dans l'encadrement de la porte.

Il est beau, putain.

Il est beau.

Je vais avoir tellement mal quand je sortirai du tank.

Qu'est-ce que je vais avoir mal…

— J'étais bien avec toi, murmure-t-il. Mais…

Il s'aperçoit de la situation : lui sur le paillasson, moi plantée sur le palier.

— Tu veux entrer ?

— J'en ai rien à foutre d'entrer, je veux que tu me parles.

— Je savais pas comment t'en parler…

— C'est lâche, un mec.

Il baisse les yeux. Ah, quand même.

— T'as jamais pensé à aller t'acheter une paire de couilles ? Je te rappelle qu'il n'y a pas de fatalité, c'est toi qui l'as dit.

Il prend une grande inspiration.

— OK, j'ai été une merde. Alors maintenant je vais être honnête.

Je vois arriver l'obus.

— J'étais bien avec toi, mais j'étais pas en mode… amoureux, tu vois ?

Comment peut-on s'être autant préparé à *la* phrase dévastatrice et y être aussi peu préparé ?

— Et puis, il y a Vince…

Je fronce les sourcils.

— Quoi : Vince ?

— Il est encore dans ma tête, Lily…

Donc ça, c'était le second obus.

Et je ne l'ai pas vu venir.

Très clairement, je ne peux pas lutter.

La partie est terminée.

Et c'est lui qui a gagné.

VINCE

Heureusement que Rokia vient de rentrer du Lavandou. Je crois qu'autrement, j'aurais craqué et je l'aurais appelée (contrairement à nos habitudes estivales) comme on compose un numéro d'urgence.

On s'est donné rendez-vous chez Prune, un bar du canal. Long *hug*. Son petit rire de retrouvailles au creux de mon oreille.

On s'est installés et j'ai contemplé son joli tee-shirt à la couleur indéfinissable.

— Bleu canard, a-t-elle précisé car elle connaît mes airs par cœur. Parfois, je me demande si t'es pas totalement daltonien.

— Je vois les couleurs, je t'assure.

— Tu les vois mais tu les confonds et t'arrives pas à les nommer.

J'ai haussé les épaules.

— Au point où j'en suis. Va pour daltonien. Bon, j'ai beaucoup de dossiers pour toi, là !

— Moi, j'en ai qu'un et il s'appelle Sedjro.

— C'est d'où ?

— Bénin. Mais vas-y : commence. Par ordre de priorité. Ton père ?

Elle parlait tout en triturant la paille de son spritz entre ses dents.

— Ça, c'est le dossier que j'aurais mis en dernier… Mais bon. Paul Lartigue.

Et je lui ai raconté : l'ennui, l'impossibilité d'un début d'attachement, la gêne glaçante…

— C'est quoi son histoire à ce mec ?

— J'en sais rien… Je lui ai pas demandé.

— Ben voilà, a-t-elle dit sur le ton de l'évidence. On peut pas s'attacher à un inconnu. Intéresse-toi. C'est ton père quand même.

— Ma mère me gonfle avec ça…

— Et, comme souvent, elle a raison.

— Non : comme souvent, vous êtes d'accord, nuance. En fait, j'ai besoin de temps.

J'ai vidé mon verre de rosé.

— Vince, tu viens de boire ton rosé cul sec…

— Ouais, ça me stresse cette histoire de père.

Elle a lâché un rire.

Après il y a eu le dossier Micha (une heure). Rokia hochait la tête. Elle approuvait approuvait approuvait :

— J'aurais même pas osé l'espérer pour toi. C'est purement dément ce qui t'arrive. Et niveau cul ?

— Trop bon.

J'ai reconnu cette façon si particulière qu'elle avait de me fixer : ça voulait dire qu'elle se réjouissait pour moi. Rokia est intraitable en amitié, mais elle n'est pas du genre à souhaiter ton bonheur juste pour que tu arrêtes de la soûler : elle sait réellement se réjouir pour toi. C'est un talent. Qui va avec le contrat qu'elle exige de toi : « Tu peux me raconter les mauvaises nouvelles pendant des heures, mais alors je veux aussi les bonnes. » Avec Micha, il y avait de quoi faire.

Mais c'était sans compter le dossier… Marilyn et Octave (une heure et demie) qui l'a laissée sans voix pour commencer. Puis :

— On peut pas tellement lui en vouloir à elle. Je trouve ça même assez beau, assez fou ce mytho de stage d'observation. Mais lui…

— Lui ?

— Bcn, soit on a la preuve qu'on l'a définitivement perdu.

— Perdu ?

— Un immonde connard. Soit…

Elle est restée le regard dans le vague à aspirer le peu de spritz qui lui restait.

— Soit ? l'ai-je pressée.

— Soit c'est lui qui est totalement perdu. Après tout, y a des gens qui passent leur vie à être perdus…

J'ai soupiré.

— Je comprends rien. Et ça me lasse, en fait.

— Alors tant mieux. Parce que ça aurait pu réactiver des choses pas top, en fin de compte.

Je n'ai rien rétorqué. J'avais moyennement envie d'aller plus loin : ça avait remué quoi, en vrai ? Est-ce que ça avait ressuscité Octave en moi, Octave que j'avais mis tellement de temps à enterrer ? Est-ce que ça menaçait mon histoire avec Micha ? Non, vraiment, je ne kiffais pas la pente que prenait la conversation.

— Et alors Sedjro ?

Elle a fait non de l'index.

— Tu fuis, là !

— Oui, je fuis. Je suis pas serein…

— Pourquoi t'es pas serein ?

— Parce que c'est pas simple !

— Tu penses de nouveau à Octave, c'est ça ?

— Parfois…

— Mais y a Micha maintenant, on est bien d'accord ?

— Heureusement qu'y a Micha ! Même si ça complique tout.

Je me suis interrompu. La question que Rokia attendait sans doute de moi était sur le point de surgir.

— Comment est-ce que je peux être amoureux de Micha et penser encore à Octave ?

Elle m'a félicité du regard. Mais je savais que ni elle ni moi n'avions la réponse.

— Allez, ai-je dit. À toi. C'était bien au bout de combien de fois avec Sedjro ?

À deux mains, elle a montré le chiffre 6.

On a explosé de rire.

★

Marilyn n'est pas revenue à la librairie. Elle a eu ma mère au téléphone dans la matinée : elle devait accompagner la sienne à un rendez-vous médical, elle était sincèrement désolée, elle nous remerciait tous de l'avoir si bien accueillie, elle nous en serait toujours reconnaissante. Même rapportés par ma mère, les mots choisis sonnaient un peu solennels.

— Elle est cool mais elle en fait peut-être un peu trop, a fait remarquer Micha avec un petit sourire.

Moi, j'entendais autre chose au creux de ses mots graves. Elle me parlait à moi. Elle me parlait d'Octave. Et de la page qu'elle allait désormais essayer de tourner.

Octave, donc, qui a choisi le samedi 31 août, 18 h 10, pour débarquer à la librairie. Oui, tu as bien lu. Désolé de t'annoncer ça de façon un peu abrupte, mais les choses arrivent toujours au moment où on ne s'y attend plus.

Rewind : je suis à la caisse, Octave entre, je le vois, il me voit, on échange un regard interminable, je ne peux pas faire semblant, là, je n'ai pas la réactivité mentale pour sauver les apparences ou, en tout cas, le degré de stupeur est plus fort que tout, plus rien n'existe pendant cette poignée de secondes, je ne sais pas du tout si je suis en train d'encaisser un client, je ne sais pas non plus si ma mère et Hélène assistent à la scène, on m'a coupé le son, c'est un bas bourdonnement, il n'y a pas de musique de fond comme dans les films, c'est sidérant, mais rugueux, pas vraiment sexy comme dans un Xavier Dolan, plutôt paralysant. Combien de fois ai-je craint cette scène ? L'ai-je espérée ? Et que fait Micha au moment où Octave débarque ? C'est son jour de congé. Octave s'est renseigné. Oui, forcément. C'est un indice pour la suite.

Puis le son revient d'un coup, une dame me tend un billet de 20 avec impatience, ma mère m'écarte gentiment, elle a vu, elle sait que je suis momentanément *out of order*.

— Vince, c'est bon, je m'occupe de la dame.

Hagard, je m'éloigne de la caisse. Je ne sais pas où aller et je m'aperçois que je me dirige mécaniquement vers Octave. C'est comme d'être pris dans un courant de baïne sur la côte atlantique : tu nages comme un ouf pour rejoindre le bord, mais tu es emporté vers le large quoi que tu fasses. Dans ces cas-là, on conseille de ne surtout pas résister, la baïne finit toujours par te redéposer sur le sable quelques kilomètres plus loin. Si tu résistes, tu t'épuises et tu te noies. C'est ça qui m'attend, là ? Être irrésistiblement emporté vers Octave et attendre que le courant me redépose, sain et sauf, à dix kilomètres ?

— Ça va ? demande-t-il en forçant un sourire.

— Tranquille. Et toi ?

— De passage à Paname.

Prépare-toi bien : ça va être vide et inconsistant pendant quelques longues minutes. Parce que voilà : tu te tiens devant ton ami de toujours qui est devenu ton premier amour, ton amour-monde, ton amour-cataclysme, alors tu as une boule au fond de la gorge, une muselière sur la bouche, tu parles à travers plusieurs couches de confusion et de trouble. Ça capte mal, quoi.

Les deux mères sont à la caisse. Elles jettent vers nous des regards anxieux.

— Alors Montpellier ?

— La fac est top.

— T'as pas changé d'avis : toujours neurologie ?

— Carrément ! C'est tellement bizarre et obscur ce qui se passe là-haut !

Et il montre son crâne. Message, pas message ? Si j'en crois le carnet de Marilyn, tout n'est effectivement pas très clair dans ta tête, mec.

— Et toi, ta rentrée ? relance-t-il.

— Sorbonne. Philo.

Je hausse les épaules par honnêteté (ce sujet-là n'étant pas miné, ça ne me coûte rien d'être honnête).

— Franchement, je suis pas totalement sûr de mon coup… On verra bien.

— Et ici, ça s'est bien passé ?

Octave regarde autour de lui.

— Elles ont pas été trop reloues ?

Il désigne les mères.

— La mienne, si. Comme d'hab'.

— Arrête, t'as la mère la plus punk qui soit.

Peut-être la première « vraie » réplique de la conversation.

— Tu finis à quelle heure ?

Bordel, ça accélère un peu vite tout d'un coup…

— Pourquoi ?

— Pour aller prendre un verre.

Je reste la bouche ouverte. Tu la vois, ma glotte qui fait : *help, qu'est-ce qui m'arrive, je suis en panique* ?

— T'es pas du tout obligé, précise-t-il.

— Je peux partir quand je veux. Tout de suite même.

C'est sorti tout seul. Sans le filtre. Celui qui aurait pu me faire dire : peut-être demain soir plutôt ? Histoire que je réfléchisse, que je me prépare…

— OK ! Tu veux aller où ?

★

On parle de tout et de rien (de tout sauf de l'amour). On parle et c'est cruel parce que, après avoir été grippée au démarrage, notre machine blessée repart exactement comme si on s'était quittés la veille. Je ne me rappelais pas à quelle vitesse on se comprend. Je veux dire : tout ce qu'on n'a pas besoin de préciser, tous ces raccourcis, ces déviations qu'on peut prendre, on se retrouve quoi qu'il arrive, on a les mêmes références, le même passé, les mêmes sous-entendus, on capte en deux secondes chacune de nos allusions, on se connaît par cœur, on a grandi ensemble, ces longs mois l'un sans l'autre n'ont rien rien rien changé.

Et ça me fait mal.

Tout et rien, donc : sa première année de médecine qui va commencer, son père psychorigide, Paris qui lui manque. Et puis, mes vacances au Touquet, Paul Lartigue, ma nouvelle passion pour la natation. On est lancés, c'est à la fois très ordinaire, assez intime à certains croisements, décontracté mais droit aux nerfs aussi. C'est *nous.*

Et on boit des bières.

— Depuis quand tu aimes l'alcool, toi ?!

Et on ne mange pas.

Et on est un peu bourrés.

Et je ne devrais sans doute pas lui raconter pour Lillian, il est peut-être là le faux pas. Enfin, qu'est-ce que j'en sais ? Peut-être que tout se serait passé exactement pareil si je n'avais pas parlé de lui. Mais voilà : j'ai envie d'évoquer celui que j'ai toujours nommé devant Octave « ton meilleur faux ami », jamais supporté leur amitié, alors ça me fait marrer d'annoncer à Octave qu'en fait, Lillian est gay, on est à un stade de complicité retrouvée qui l'autorise, je raconte tout : Lillian qui arrive à la librairie, Lillian qui me convoque pour un verre, Lillian qui me crache son petit aveu, comme quoi il a tout fait pour être mon ami, et peut-être plus, on ne saura jamais et là, je m'attends à ce qu'Octave fasse une gueule pas possible, genre : « Lillian gay ?! » Mais pas du tout : je vois ses yeux sombrer.

Il murmure :

— On va marcher ?

J'acquiesce. Est-ce que j'ai le choix ? Je m'en fous.

Octave insiste pour payer. Il tend avec assurance sa carte bleue au serveur. Je n'aime pas ça : on dirait qu'il a dix ans de plus brusquement.

On se lève. Et on commence à arpenter le canal.

— Je m'en doutais pour Lillian, admet-il.

— Mais pourquoi tu m'en as jamais parlé ? J'aurais mieux compris pourquoi je m'en prenais plein la gueule…

— Je pensais que tu t'en doutais aussi. On s'assied ?

Faudrait savoir : tu veux marcher ou t'asseoir ?

Il choisit un endroit avec pas trop de monde autour (ce détail ne me reviendra qu'après). Je me cale contre le pied d'un panneau. Lui : en tailleur, le buste un peu penché en avant. Il triture une mèche de cheveux sur sa tempe. Je l'ai vu faire mille fois : ça signifie qu'il est en train de penser à quelque chose qu'il garde pour lui. Jusqu'à ce qu'il suspende son geste et murmure :

— Tu m'as manqué.

Le Photomaton dans son portefeuille, et cette phrase maintenant : non, vraiment, je n'aurais pas cru. D'ailleurs, je dis :

— J'aurais pas cru…

Je prends quelques secondes (pour m'en remettre). Il fait pareil de son côté, j'ai l'impression[1].

— Toi aussi, tu m'as manqué.

L'air est frais.

L'été s'est barré, mais je suis bien.

Octave penche la tête vers moi.

Il approche son visage.

Son nez me frôle.

Mes veines se mettent à battre, surtout celles qui courent sous mon tatouage.

Le souffle de sa bouche.

Comme si c'était hier.

Je détourne la tête brutalement.

— Octave, arrête.

Il me regarde avec un étrange sourire, comme si je blaguais ou comme si je me la jouais puceau effarouché. Il croit qu'il va pouvoir m'embrasser. Moi-même, je ne sais pas ce qui va arriver. Je vais prendre le virage en mode survie.

— Je sais que t'as un mec, murmure-t-il. Micha…

— Hélène t'a dit ?

— Hélène m'a dit.

Il se tient toujours très près de moi, je me décale de quelques centimètres.

— Je pensais pas que tu demandais de mes nouvelles.

1. Il faut savoir que les confidences d'Octave, c'est une fois par décennie. Et c'est ce soir apparemment.

— Si. Chaque fois que je viens. Toi, tu en demandes pas ?

— Non. Trop occupé à t'oublier.

Il encaisse. Tu t'attendais à quoi ?

— Je crois que je suis jaloux, marmonne-t-il.

En gros, le virage commence vraiment là, je me dis.

— Jaloux de quoi ?

— De Micha et toi. De Micha tout court, je sais pas. Je sais plus.

— T'as à être jaloux de rien, en vrai !

— Sauf que là, ce soir…

— Ce soir quoi ?

Il reste muet quelques secondes.

— J'avais envie de te revoir.

— Mais ça veut dire quoi : *avoir envie de me revoir* ? Tu voulais revoir qui ? L'ami ? Ou l'autre ?

Je n'arrive pas à prononcer le mot : *l'amoureux*.

— Quelque chose s'est réveillé, cet été, poursuit-il.

La ligne jaune, Octave. Tu vois la ligne jaune ?

— Alors je voulais te revoir, c'est tout. Et là, j'ai eu envie de t'embrasser.

— Sauf que c'est pas possible, Octave !

Je me lève. Son visage tendu vers moi :

— C'est pas possible ? répète-t-il aussi bas que je viens de hausser le ton.

— Mais non, putain ! Tu m'as fui, tu m'as jeté ! Je suis pas là pour toi, je suis plus là pour toi ! J'ai Micha, moi ! Tu peux pas faire ça, tu peux pas débarquer comme ça ! Tu sais où t'arrives ?! Sérieux : tu sais où tu mets les pieds ?! Tu réfléchis ou y en a que pour ta gueule ?

— Tu penses encore à moi ? interroge-t-il, l'air complètement sonné.

Il se lève à son tour et vacille. Il a les larmes aux yeux. Franchement, j'hallucine. J'en viens à me dire que là, à cet instant précis, il ne doit pas pouvoir faire autrement. Il a balancé son cœur à mes pieds, son cœur tout nu, et c'est beau parce qu'il sait très bien que je peux le piétiner, le défoncer, mais c'est monstrueux aussi parce que ça me touche tellement.

— Oui, connard !

Je hurle. Tout le monde nous regarde, je n'en ai rien à battre.

— Évidemment que je pense encore à toi ! J'essaie de continuer sans l'ami, sans l'amoureux, et presque : j'y arrive. Alors tu peux pas te pointer comme ça, tu peux pas te pointer et tout foutre en l'air, c'est trop facile, je te connais : tu vas te barrer comme t'es venu, t'appartiens à personne, c'est ton truc, c'est ton problème, c'est ton histoire, mais moi je veux plus de ça ! Tu peux pas revenir dans ma vie et tout péter, c'est juste pas possible. Tu pensais quoi ? Qu'on allait ken et direction Montpellier ? Mais c'est juste *non*, quoi ! Moi, aujourd'hui, j'ai un mec, je l'aime, alors tu te barres, tu te barres, tu te barres !

Il pleure. Je le pousse par l'épaule pour qu'il se casse, mais il ne bouge pas.

— Vince, marmonne-t-il la morve au nez, je t'ai aimé !

— Je sais !

— Tu sais ?

Je l'attrape par le col.

— Pourquoi tu m'as jeté si tu m'aimais ?

Si je m'écoutais, je boirais sa morve et ses larmes.

— Je vais te dire pourquoi tu m'as jeté, Octave ! Tu m'as jeté parce que t'étais le mec le plus populaire du lycée et que ça t'a arraché la gueule d'être un gros pédé aux yeux de tous ! C'est juste ça : tu m'as quitté pour rester le type le plus populaire du lycée !

Il bascule vers moi et me serre dans ses bras.

— Tout pour ta gueule, Octave. Je t'ai toujours connu comme ça. T'es seul. Et t'es seul pour très longtemps.

— Mais on peut changer ! supplie-t-il.

Je le force à se détacher de moi.

— Trop tard, mec.

ÉPILOGUE

(NOVEMBRE 2019)

mer. 06/11/2019 16 h 34

Lilytoutcourt<lily265@gmail.com>

Une revenante

À vincegiord@gmail.com

Salut Vince,

J'espère que tu vas bien. Et Micha aussi. Je m'excuse de ne pas t'avoir fait signe plus tôt. J'ai bien reçu le livre de Roland Barthes. Ça m'a tellement touchée que tu aies cette attention. C'est juste incroyable sur l'amour ! Je relis des passages très souvent. Et, vraiment, je m'excuse : j'aurais dû te remercier avant. Mais voilà : j'ai pas fait ma rentrée.

Pour tout te dire, le dernier jour de mon « stage » (😊) et avant de repartir sur Cergy, je me suis pointée chez Octave. Tu vas te dire : la meuf tarée… Bon, il m'a bien basée. Et, sur le coup, j'ai tenu. Je me suis dit que c'était hyper dur, mais que c'était bien que je l'entende, ça allait me faire gagner du temps, m'éviter de fantasmer n'importe quoi de mon côté. Oui, je me suis crue forte… Sauf que je me suis effondrée dès le lendemain. Mais totalement effondrée. À ne plus pouvoir bouger ni arrêter de chialer. Pire encore qu'à mon retour de Normandie. J'avais déjà bien dévissé à l'époque, mais là c'était pire. Mes parents se sont focalisés sur la rentrée. Je suis super bonne en classe, alors ça les a paniqués. Ils n'avaient qu'une idée en tête : que je sorte de mon putain de lit et que je redevienne leur idole, cette fille qui allait décrocher son bac avec mention et ferait définitivement leur fierté. Un soir, j'ai entendu ma mère pleurer : elle se demandait si elle ne m'avait pas transmis sa pathologie (ma mère est bipolaire). J'essayais de faire passer des messages par mon petit frère, je lui parlais d'Octave : « Dis-leur, je t'en prie. Y a pas de maladie. Enfin si, y en a une : je suis amoureuse, c'est tout. » C'est pour ça que ton livre m'a fait tant de bien : Barthes décrit l'amour comme un truc qui rend tellement dingue ! Tout ça pour te dire que j'ai fini à l'hôpital de Pontoise. Ouais, chez les oufs ! C'est le médecin qui a conseillé ça. Ça a été un sacré choc pour mes parents. Lors d'une visite, ma mère m'a dit : « C'est moi qui devrais être ici. Pas toi. » Bon, bizarrement, j'étais plutôt bien là-bas. Y a des gens comme nous, des jeunes. Y a aussi des gens flippants dont tu te dis qu'ils ressortiront jamais. Mais j'étais bien quand même. Et tu sais pourquoi ? Parce qu'on n'attendait plus rien de moi. La psy a été super : elle m'a donné de quoi dessiner. Je demandais aux gens internés comme moi s'ils voulaient bien que je fasse leur portrait. C'était à peu près mon seul rapport avec les autres. Ça me suffisait. Et je leur donnais chaque fois le dessin. Le reste du temps, je lisais et relisais ton livre de Barthes. Ça m'aidait à comprendre un peu l'état dans lequel j'étais. La psy a

confirmé que mon chagrin d'amour m'avait plongée dans une dépression. Elle a dit qu'avec les médicaments, j'allais remonter la pente. Et c'est ce qui s'est passé. Même si ça a pris du temps. Je suis restée là-bas deux mois en tout. Après j'ai pu enfin reprendre les cours. Ma copine Léa m'a pas mal aidée pour rattraper. Mais bon, tout ça ne m'inquiète pas trop. Je te dis : je suis un tank quand je veux.
Je t'écris surtout pour te dire merci. Et pas seulement pour le livre. Merci parce que tu as été l'un des seuls à me prendre au sérieux (toi et mon petit frère). Je sais, j'ai été un peu directe avec toi, mais tu n'as rien remis en cause, tu m'as crue. Sans doute parce que ça te renvoyait à ce que tu avais toi-même vécu avec Octave. Oui : toi, tu savais. Et aussi qu'on s'en fout de savoir combien de temps a duré une histoire : on peut aimer quelqu'un une heure, juste une heure dans sa vie, et cette heure-là, il se peut qu'on ne s'en remette jamais. Pas besoin d'une vie de couple de quarante ans pour être dévasté ! J'ai remarqué que, globalement, ceux qui ne te trouvent pas crédible et qui te font la misère, ce sont les gens qui s'emmerdent dans leur vie. L'intensité de ce que tu vis (pour le pire ou pour le meilleur) les renvoie à leur grand néant, auquel ils tiennent, car faudrait pas croire : c'est confortable et sans risque, le néant, désespérant aussi mais ça les rassure et c'est le plus important pour eux. La vie ne doit pas être une aventure. Ils préfèrent glisser tranquillement dans le vide. Et je ne les juge pas. Je juge ceux, parmi eux, qui nous regardent cramer et qui regrettent tout d'un coup le grand incendie qu'ils ont eu les jetons d'allumer, je juge ceux qui se mettent à t'en

vouloir et soupirent des *allez, rien de grave, ça va passer, arrête un peu ta comédie*. Mon père, par exemple. Désolé, je suis dure. Je l'aime, mais c'est vrai qu'il est comme ça. Léa, ma « meilleure » amie, est un peu comme ça aussi, il faut voir les choses en face. Seul Jimmy, mon petit frère, est venu me voir à l'hôpital avec les sourcils méchamment froncés, et j'ai bien vu qu'il avait compris : oui, il a senti qu'il y avait une vérité à aller chercher dans mon corps à moitié inerte, mon sang qui circulait à trois à l'heure, la bile au fond de ma gorge. C'était très sérieux tout ça. Et c'est très sérieux d'aller au bout des choses, en vrai. Sinon on n'est pas vivant. Sinon on est des putain de bourgeois. Et il y a des bourgeois chez les prolos, c'est pas la question de la thune dont je parle. Il n'y a pas que le fric qu'on a ou qu'on n'a pas. Il y a ce qu'on se contente de vivre, ou ce qu'on vit jusqu'au bout. Il y a ce qu'on flambe, parce qu'on n'a qu'une vie. Ma mère, elle a failli céder à sa vie. Je veux dire, si elle n'était pas malade, elle se serait barrée, elle aurait eu une autre existence. Elle n'arrête pas de dire qu'elle voudrait fuir et elle le pense. Sauf qu'elle est bipolaire, totalement dépendante. Mais si elle ne l'avait pas été, elle nous aurait quittés et elle aurait bien eu raison. Moi, je ne suis pas malade. Alors je ne laisserai pas passer le train. En tout cas, je monterai dans chaque wagon que je sentirai inflammable. Même si j'ai peur. J'ai ma gueule de butée, mais j'ai peur. La vie me fait peur. Les garçons me font peur. Les filles me font peur. Ce qu'on attend de nous me fait peur. Mais je veux cramer. Et ça m'exaspère parce que, tout le temps que j'étais à l'hôpital, à part la psy

et mon frère qui restait muet, interloqué mais respectueux dans le fond, je n'ai eu droit qu'à de pauvres discours censés dédramatiser, qui niaient purement et simplement ce que je vivais. C'est tout le contraire que j'ai trouvé chez toi, Vince. Ça aura été bref mais là encore, qu'est-ce qu'on s'en fout : pourquoi une histoire courte ne serait-elle pas une histoire tout court ? Il y a exactement ça dans le livre de Barthes : « Pourquoi durer est-il mieux que brûler ? » On n'aura pas duré, Octave et moi. Encore moins que toi et lui. Tellement moins. Mais il restera le premier garçon avec qui je l'aurai fait, le premier que j'aurai aussi immédiatement adoré, le premier qui m'aura buté le cœur. Le premier amour, on ne l'oublie pas aussi facilement. Peut-être même qu'on ne l'oublie jamais. Juste, à un moment donné, il finit par nous laisser tranquilles, je veux dire : nous laisser vivre autre chose. Mais il sera toujours là.
Donne-moi des nouvelles si tu veux.
Je t'embrasse.

Marilyn

P-S : Désolée pour le message interminable, mais il n'y a qu'à toi que j'ai envie de raconter tout ça.

jeu. 07/11/2019 19 h 59
Vince<vincegiord@gmail.com>
RE : Une revenante
À lily265@gmail.com

Marilyn,

Je pense souvent à toi. Je me demande où tu en es. Alors ça m'a fait un truc quand j'ai reçu ton mail.
Tu as raison : quelque chose nous relie maintenant, qu'on le veuille ou non, alors qu'on se connaît presque pas… Tout a dû se jouer en vingt minutes le jour où tu m'as pris entre quatre-z-yeux à la librairie pour que je te parle d'Octave. Tu as bien fait. J'étais parti pour faire le mort, le muet.
D'abord, je veux te dire que je suis soulagé que tu sois sortie de l'hôpital. Mais je voudrais te dire aussi que tu as bien fait de craquer, lâcher. Ça peut paraître tordu mais ne pense surtout pas que tu as perdu ton temps. Tu vas te dire que mon exemple n'a rien à voir, mais si : les fois où je fais une crise d'angoisse, si je lutte, ça dure encore plus. Ça t'est déjà arrivé ? Tu sais : tu paniques, t'as l'impression d'étouffer, et

que tu vas crever. Ben, essaie de lutter contre et tu verras : ça s'éternise. C'est comme si tu serrais l'angoisse contre toi alors que tu crois la boxer. Maintenant, quand je sens l'angoisse monter, me prendre la poitrine, me tourner la tête, j'arrête tout, je ferme les yeux et je la laisse m'envahir volontairement (en vrai, c'est notre médecin de famille, une femme géniale, le docteur Adelstein, qui m'a appris la technique). Je me répète calmement que : je n'ai aucun risque de mourir, c'est juste une angoisse que je dois laisser parcourir mon corps et contre laquelle il ne faut surtout pas batailler. Et là (c'est très étonnant quand tu essaies la première fois), tu t'aperçois qu'au lieu de s'installer en toi et te terrasser, l'angoisse te traverse et se barre ! Je crois qu'en t'écroulant, en te laissant conduire à l'hôpital, tu as fait exactement la même chose : tu as laissé le chagrin t'envahir et te traverser. C'était le mieux que tu avais à faire.

Comme tu dis, on est de ceux-là, toi et moi : on va au bout. Certains ne finissent rien, certains désertent (Octave). Nous, on va très loin, trop loin peut-être. J'en souris encore de savoir que tu t'es pointée chez Octave. J'en souris d'admiration. Tu as été putain courageuse. Quand je pense que j'ai fait exactement la même chose en bas de chez lui... Ce courage, tu te l'es repris en pleine gueule, mais je suis sûr que tu n'es plus la même.

De mon côté aussi, il s'est passé deux ou trois trucs relous depuis ton « stage »... Et notamment ça : Octave a débarqué à la librairie. Si, si, je t'assure. On a passé la soirée ensemble et ça a été la cata. Je te passe les détails car je pense que tu n'as plus trop envie d'entendre parler de tout ça et je peux comprendre. En tout cas, je me suis pris une bonne claque dans la gueule. Ça m'a retourné, même si j'ai été dur avec lui ce soir-là. Comme toi, quoi : je l'ai renvoyé dans ses cordes et j'ai cru l'emporter. Sauf que non. Je l'ai d'abord payé par pas mal de nuits blanches. Et puis, Micha (à qui je ne voulais pas trop raconter) s'est inquiété de plus en plus. Et ça a pourri l'ambiance grave. On s'est pris la tête plusieurs fois. Une fois, ça a même été un peu trash. Je me suis alors aperçu que la fêlure qu'Octave avait laissée en moi commençait à faire souffrir Micha. Et ça m'a été totalement insupportable. Alors voilà, puisque tu demandes des nouvelles : on a décidé qu'on allait prendre un peu de distance pour le moment, lui et moi. Le soir où on s'est dit ça, on a pleuré, l'un contre l'autre, comme deux enfants en danger. Il répétait : « Je voudrais tellement que tu sois prêt. » Et je lui disais : « Je te jure : le jour où je le suis, j'arrive tout de suite. » Ça fait deux mois qu'on ne s'est pas revus. Il me manque, c'est horrible. Je me répète ce qu'il m'a dit quand je suis parti de chez lui : « Je t'attendrai. » Je le crois. Enfin : je crois qu'il le pensait au moment où il l'a dit. Mais je ne l'appellerai pas tant que je ne serai pas sûr de moi. Micha est un mec trop bien, je ne veux pas jouer avec lui.

Te dire aussi que, fatalement, j'arrête pas de réfléchir à ce que tu m'as écrit dans ton mail, je peux le recopier par cœur : « Le premier amour, on ne l'oublie pas aussi facilement. Peut-être même qu'on ne l'oublie jamais. Juste, à un moment donné, il finit par nous laisser tranquilles,

je veux dire : nous laisser vivre autre chose. Mais il sera toujours là. »
Alors voilà : j'attends qu'il me laisse tranquille. Je prends le risque d'attendre. Micha sera-t-il là au final ?
Je t'embrasse.

V

P-S : Moi aussi, j'ai été heureux de te connaître. Tu resteras ma rivale préférée.

ven. 08/11/2019 23 h 21
Vince<vincegiord@gmail.com>
RE : Une revenante
À lily265@gmail.com

C'est encore moi.
Pourquoi ton adresse mail, elle est au nom de Lily ? Tu t'appelles comment, en vrai ?
Mais c'est pas pour ça que je t'écris. En fait, je suis trop frustré depuis que je t'ai envoyé mon message hier. Ta théorie comme quoi les histoires courtes peuvent très bien être des histoires tout court, ça me perturbe. Pas sur le fond. Sur le fond et par rapport à Octave, tu as raison. Non, je veux parler de nous, Marilyn. En fait, c'est bien joli de se vanter d'aller au bout de tout, d'être des oufs de kamikazes. Sauf qu'en vrai, on vient juste de se rencontrer, ça a été méga chelou au début, puis il s'est passé un truc entre nous que j'aurais été incapable de prédire et, au final, on n'est allés au bout de rien. T'as déjà, toi, commencé un livre, surkiffé le premier chapitre et arrêté net...? Non. Alors tu vois bien. Je sens comme une sœur en toi (je ne m'excuserai pas

pour ces grands mots ; pourquoi n'aurait-on le droit d'être trop sérieux et un peu ridicule que dans les déclarations d'amour ?). Alors, franchement, je me demande : d'où est-ce qu'on s'écrit en se disant des choses super importantes et en faisant genre on ne se reverra pas ? C'est absurde. Tu en fais ce que tu veux, mais c'est dit : je voudrais bien te revoir.

V

P-S : Et comme j'ai l'impression que t'es plutôt mal entourée globalement, je pourrais te présenter Rokia, ma meilleure amie. Tu verras, elle est géniale. Et elle est aussi nulle que nous en amour 😊.

sam. 09/11/2019 11 h 36

Lilytoutcourt<lily265@gmail.com>

Une revenante

À vincegiord@gmail.com

Vince,

Marilyn, c'est le nom qu'on m'a donné à la naissance et que j'ai toujours détesté. Lily, c'est celui que je me suis choisi. Et je ne sais plus trop où j'en suis par rapport à tout ça. Mes amis m'appellent Lily. Mes parents, pour me faire chier, ont continué à m'appeler Marilyn jusqu'à... cet été (pourquoi cet été ?). Mais c'est sous ce prénom que je me suis présentée à la librairie. Je nage dans l'incohérence la plus totale. Je me sens en mutation mais je ne sais vraiment pas dans quel sens ça va aller. Pour l'instant, on est donc deux dans la même personne.

M&L

P-S : La vérité, c'est que je veux te revoir aussi. Et pas simplement une fois. Je veux bien être une sœur. Je veux bien que tu sois un frère. On commence quand ?

LA PLAYLIST DE VINCE, MARILYN & LES AUTRES

« The Bay », Metronomy (*The English Riviera*, Because Music, 2011)

« Thugcore Cowboy », Necro (*Die !*, Psycho+ Logical+Records, 2010)

« The Rope and the Colt », Scott Walker (*Boy Child*, Polygram Music, 1990)

« La Baie », Clara Luciani (*Sainte-Victoire*, Initial, 2018)

« Pourtant », Vanessa Paradis (*Bliss*, Barclay, 2000)

LA BIBLIOTHÈQUE DES NOUVELLES VAGUES

Platon, *Le Banquet*, GF Flammarion, 2016

Alison Bechdel, *Fun Home*, Points, 2014

Anne Dufourmantelle, *En cas d'amour*, Rivages Poche, « Petite Bibliothèque », 2012

Paul B. Preciado, *Un appartement sur Uranus*, Grasset, 2019

Gore Vidal, *Un garçon près de la rivière*, Rivages Poche, « Petite Bibliothèque », 2017

Virginie Despentes, *King Kong Théorie*, LGF, 2007

Roland Barthes, *Fragments d'un discours amoureux*, Points Essais, 2020

Philippe Mezescaze, *De l'eau glacée contre les miroirs*, Le Rocher, 2007

Photographies © Arnaud Cathrine.

Sauf :

— page 66 : © Max Félix

— page 130 : illustration d'après photo © Lyn Randle/Arcangel Images

— pages 220 et 249 : illustrations d'après photos © Rob Scamp/Arcangel Images

Composition et mise en pages
Nord Compo à Villeneuve-d'Ascq

MIXTE
Papier issu de sources responsables
FSC® C003309
www.fsc.org

L'Éditeur de cet ouvrage s'engage
pour la préservation de l'environnement
et utilise du papier issu de forêts gérées de manière responsable.

Cet ouvrage a été achevé d'imprimer en mars 2021
sur les presses de Normandie Roto Impression s.a.s.
61250 Lonrai (Orne)
N° d'édition : 61162/01 - N° d'impression : 2100875

Imprimé en France